JN386324

www.mayabooks.co.kr

www.mayabooks.co.kr

광전사가 죽지 않아!

광전사가 죽지 않아! ⑥

지은이 | 누워서보자
펴낸이 | 권순남
펴낸곳 | (주)마야 · 마루출판사

등록 | 2008. 1. 7(제310-2008-00001호)

초판 인쇄 | 2019. 6. 14
초판 발행 | 2019. 6. 19

주소 | 서울시 노원구 상계 1동 1049-25 신영산업 BD 602호
대표전화 | 02-2091-0291
팩스 | 02-2091-0290
이메일 | marubooks@hanmail.net

ISBN | 978-89-280-9326-7(세트) / 978-89-280-9851-4
정가 | 8,000원

잘못된 책은 교환하여 드립니다.
저자와 협의하여 인지를 붙이지 않습니다.

「이 도서의 국립중앙도서관 출판시도서목록(CIP)은 서지정보유통지원시스템 홈페이지(http://seoji.nl.go.kr)와 국가자료공동목록시스템(http://www.nl.go.kr/kolisnet)에서 이용하실 수 있습니다.」
(CIP제어번호:CIP2019020957)

광전사가 죽지 않아! 6

MAYA&MARU GAME FANTASY STORY

누워서보자 게임 판타지 장편소설

마야&미루

✤ 목 차 ✤

제39장. 다시 천공섬 …007

제40장. 깨어난 자 …061

제41장. 벌레들 …091

제42장. 시간은 흐르고 …121

제43장. 찌릿찌릿 …151

제44장. 후보 …179

제45장. 띠용! …219

제46장. 애 뭐야? 무서워 …273

제47장. 삭풍(朔風) …303

광전사가 죽지 않아!

제39장

다시 천공섬

광전사가 죽지 않아!

"어……."

아카드 해협을 벗어난 지 이제 막 한 시간. 나는 현재 처음 보는 5명의 남자와 대치 중이었다.

그들은 의기양양한 얼굴로 별 볼 일 없는 검을 치켜들었다.

"크큭! 드디어… 드디어 만났구나!"

아무래도 나를 알고 있는 것 같은데, 안타깝게도 나는 그들이 누군지 몰랐다. 정확히는 저 검을 들고 있지 않았다면 정체를 추측하는 것도 난항이었을 것이다.

한숨이 나왔다. 그렇게 마주치지 않으려고 했는데, 한 시간 만에 짜잔! 하고 나타나고 말았다.

용암의 검을 뽑아 들었다.

"예의상 물어보겠는데, 너희 '조커'냐?"

"크큭! 눈치는 기가 막히게 빠르구나. 그래, 우린 '조커'다. 우리를 벼랑 끝까지 몰아넣은 자들에게 복수하기 위해 돌아온 '조커'다!"

"…나는 너흴 벼랑 끝에 몰아넣은 적이 없는데."

"……"

'조커'란 연합체가 설립된 이유는 내가 맞긴 하다. 그러나 나는 놈들과 엮인 적이 단 한 번도 없었다.

중앙에 선 남자가 잠시 생각하는가 싶더니 뭔가 깨달은 듯 고개를 들었다.

"그, 그렇네?"

이 녀석, 생각보다 멍청하다.

다른 놈들도 저 녀석과 크게 다르지 않았다. 실소가 터져 나올 뻔했지만 놀리는 맛이 있어 가만히 지켜보았다.

그들은 내 눈치를 살피더니 저들끼리 소곤거리기 시작했다.

"언제까지 사람 앞에 두고 니들끼리 얘기할 거야?"

"자, 잠시만 기다려라. 뭔가 착오가 있었던 것 같다."

이쯤 되니 조금 귀여워 보인다.

나는 고개를 저으며 바닥에 주저앉았다.

그렇게 5분 정도 회의를 진행하더니 결론이 나온 모양이다. 중앙에 선 남자가 다시 의기양양한 얼굴로 내게 검을 겨누웠다.

"우리 '조커'의 설립 목적은 애초에 네놈이었다! 그러니 두 길드와 함께 매장시켜 주마!"

"그걸 5분 동안 얘기해서 깨달은 거야?"

"…닥쳐! 모두 전투 준비! 저놈에게 따끔한 맛을……."

"근데 내가 여기 있는 건 어떻게 알았냐?"

그의 말을 자르고 궁금한 걸 물었다. 놈의 얼굴이 붉으락푸르락했지만 개의치 않았다.

가장 왼쪽에 선 남자가 우물쭈물하며 알려 주었다.

"근처 도시에 있어서 소문을 들었는데……."

말을 하면서 중앙에 선 놈의 눈치를 살핀다.

"아, 네놈들이구나. 도시에서 패악질을 부렸다는 놈들이."

"흐흐! 운이 좋았지. 설마 네놈이 크라켄 레이드를 시도했고, 성공할 줄은 예상하지 못했거든. 그런데 이렇게 손수 우리 앞에 와 주다니, 고맙다고 하고 싶구나. 그리고……."

놈이 검을 얼굴 가까이에 들어 올린다.

"우린 근위병조차 살해했다! 한낱 유저인 네놈이 우리의 힘을 감당할 수 있을까?"

그러면서 혼자 광소를 터트린다.

볕에 반사된 칼날이 눈부시게 번쩍였다.

전원이 나를 둥글게 감싼다. 그들이 쥐고 있는 검은 모두 똑같았는데, 전부 핵이 내장되어 있을 것이다.

그들을 보며 받은 말을 그대로 되돌려 주었다.

"너흰 감당할 수 있겠냐?"

"크흐흐! 너를 감당할 수 있겠냐고 묻는 거냐?"

"아니, 그걸 사용함으로써 발생하는 모든 리스크를 감당할 수 있겠냐고."

정곡을 찌른 건지 모두의 눈동자가 파르르 떨렸다. 시끄럽게 떠들어 대던 놈도 이번만큼은 벙어리가 되었다.

모른 척, 대범한 척 마음대로 버그를 남용했겠지만 마음 한편엔 불안감이 계속 싹트고 있을 것이다.

이건 단순히 게임상 불법이라고 치부하기엔 얽혀 있는 것들이 너무 많았다.

아무도 대답을 못하자 나는 피식 웃었다.

"겁이 나면서도 결국 눈이 멀어 선을 넘어 버린 네놈들을 연민한다."

"다, 닥쳐! 모두 뭐 하는 거야! 저 새끼 죽여!"

그 외침에 모두가 정신을 차렸는지 나를 향해 달려오기 시작했다.

살짝이라도 스치면 모든 스킬이 일정 시간 동안 봉인당한다.

나는 가장 먼저 떨어지는 검을 쳐 내고 뒤로 물러났다.

버그 플레이어도 5명 정도면 그리 어렵진 않다.

채재쟁!

허공에서 3개의 칼날이 뒤엉켰다.

눈동자를 빠르게 굴려 시야를 넓혔다.

가벼운 몸놀림으로 나무를 타고 위로 올랐다.

"놓치지 마!"

놈들이 스킬을 사용했다. 검을 타고 쏘아지는 스킬은 나를 아슬아슬하게 스치고 지나갔다.

고공비행으로 나무를 건너뛰며 숲 안쪽으로 들어갔다. 좁은 공간일수록 여러 명을 상대하는 데 수월하다.

'조커'의 잔당들이 풀숲을 헤치며 나를 추격해 온다.

[마그마 블레이드]

숲에겐 미안하지만 놈들이 버그를 쓰는 이상 최대한 방해해야 한다.

불타는 검으로 나무를 베자 불길이 순식간에 사방으로 번지기 시작했다.

가뜩이나 건조했던 숲은 몇 초 지나지 않아 화마로 뒤덮였다.

"큭!"

"무, 무슨 불길이야?"

거센 불길이 감옥이 되어 잔당들을 가두었다. 그들은 핵이 내장된 검으로 불길을 베어 없애려 했지만 그러기엔 범위가 너무 넓었다.

'사냥을 시작해 볼까.'

원래 나였다면 그냥 맞아 가면서 도륙했겠지만 지금은 한 놈씩 사냥할 생각이다. 그 편이 안전하기도 하고, 많은 걸 알아낼 수 있는 기회였다.

나무 위를 조용히 뛰어다니며 놈들의 위치를 파악했다. 불꽃이 튀는 소리가 요란해서인지 내가 움직이는 소리를 못 듣는 모양이었다.

가장 근처에 있는 놈의 등 뒤에 내려앉았다. 고공비행을 사용한 터라 소리는 없었다.

"젠장! 이런 사기적인 스킬이 왜 있는 거야?"

숲을 덮어 버린 불길 전체가 스킬은 아니지만 착각하게 돼도 나쁘진 않겠지.

열심히 검을 놀리는 녀석의 팔을 붙잡았다.

놈이 화들짝 놀라며 나를 돌아봤다. 그대로 얼굴에 팔꿈치를 꽂아 넣었다.

"크억!"

이빨이 모조리 박살 나며 코와 입에서 피가 튀어나왔다.

붙잡은 팔을 돌려 관절을 박살 내고, 어깨뼈를 탈골시켰다. 쥐고 있던 검이 힘없이 나동그라졌다.

놈을 바닥에 밀어 넘어뜨리고 검을 쥐었다.

"살짝 베이기만 해도 스킬을 사용하지 못하고, 로그아웃 당해도 아바타는 그대로 남는다지?"

"제, 젠장……."

덜렁거리는 팔을 붙잡고 으르렁거리듯 나를 노려본다.

나는 코웃음 치며 검을 바닥에 내팽개쳤다.

크게 일렁이는 불길 사이로 또 다른 녀석과 눈이 마주쳤다.

무릎 꿇은 놈의 목을 단칼에 베고 점멸로 불길을 넘어갔다.

내가 갑자기 나타나자 놈이 화들짝 놀랐다.

2차 전직을 하며 점멸의 사거리가 늘어났다. 나 역시 이번에 처음 사용해 보는 터라 체감이 상당했다.

"나중 가면 오델론처럼 초장거리도 깜빡이듯이 이동할 수 있으려나?"

"가, 갑자기 무슨 소리냐!"

어느 정도 정신을 차린 녀석이 내게 검을 휘둘렀다. 몸을 비틀어 가볍게 피하고 손잡이 끝으로 턱을 박살 냈다.

침과 피가 뒤섞여 걸쭉하게 흘러내린다.

놈이 당황할 새도 없이 검을 쥔 손목을 절단했다.

"커헉!"

턱이 부서져 비명도 제대로 지르지 못한다.

앞쪽 무릎을 발바닥으로 뭉개고, 목젖을 주먹으로 으깨 버렸다.

버그 플레이어들에겐 자비를 베풀어 줄 생각이 없었다. 더군다나 나를 노리고 온 '조커'의 잔당들이다.

"곱게는 안 보내 주지. 별로 아프지도 않으면서 왜 이렇게 꺽꺽거리냐?"

나는 힘겨워 보이는 놈을 바닥에 자빠트리고 얼굴을 콱 밟았다.

능력치는 별 볼 일 없는지 방어력이란 게 없었다. 그게 아니면 내가 너무 강한 걸지도 모르겠다.

남은 건 3명.

다시 나무 위로 올라갔다.

남은 녀석들은 제각각 흩어져 나를 찾고 있었다. 겁도 없는 놈들이었다.

"고작 알량한 버그 하나 믿고 개인으로 움직이다니."

내가 누군지 잊은 모양이다. 하긴 '조커'가 나를 왜 노리는지조차 모르던 녀석들이었다.

그래도 율론이 검을 맡길 정도면 연합에서 끗발 좀 날리는 녀석들일 것이다.

"그게 아니면 남은 게 고작 저 정도뿐이라는 건데."

'조커'는 아무래도 편하게 끝나진 않을 것 같다.

그때였다. 뭔가가 소리 소문 없이 귓불을 스치고 지나갔다.

따끔함에 뒤로 몸을 돌렸다.

"크히히! 드디어 맞혔다!"

"네놈……."

중앙에서 계속 입을 놀리던 남자였다.

그는 광기 어린 미소를 지으며 천천히 내게 다가왔다.

"왜? 우리가 설마 멍청하게 계속 당하고만 있었다고 생각했나?"

 솔직히 말하면 그랬다. 단순 버그만 믿고 이러는 건 줄 알았는데, 설마 노리는 게 있었을 줄이야. 방심하고 말았다.

 나는 말없이 주변을 보았다. 모른 척 나를 찾고 있던 다른 잔당들이 웃으며 나를 보고 있다.

 두 놈을 희생시켜 내 위치를 파악하고, 연기를 하며 기습을 노렸다.

"제법인데?"

"호호! 자, 역할을 바꿔 보자고. 이번엔 네가 사냥감이다!"

 세 사람이 불길을 뚫고 내게 달려온다.

 그들의 검이 마력으로 물들며 스킬이 되어 내게 날아왔다.

 나무에서 뛰어내렸다.

 콰가강!

 강한 참격은 아니었지만 서 있던 나뭇가지가 박살 날 정도는 되었다.

 점멸로 거리를 벌리려 했지만,

"스킬이 안 나오는군."

 알고는 있었지만 스킬에도 버그가 적용되는 건 사기다.

'버그는 그냥 사기에 불법이지.'

 여기서 뭐가 더 추가된다 해도 그냥 웃길 뿐이다.

 다행인 건 스탯까지 무력화된 건 아니라는 점이다.

 오로지 피지컬로만 놈들을 상대해야 한다. 그리고 그건

내가 가장 좋아하는 방식이기도 했다.

"재밌겠네."

※ ※ ※

"쿨럭! 쿨럭!"

투박한 검이 바닥에 떨어진다.

나는 무심한 눈으로 무릎 꿇고 있는 남자를 내려다보았다. 그는 사지가 잘린 채 간헐적인 숨을 토해 내고 있었다.

휘몰아치듯 일렁거리던 불길은 어느 정도 사그라졌다.

"왜, 왜 졌지?"

남자가 믿을 수 없다는 눈으로 물어 온다.

주변을 둘러보았다.

주인을 잃은 검이 바닥에 나뒹굴어져 있다. 남자와 함께 나를 공격했던 '조커'의 잔당들이 남긴 흔적이었다.

방심으로 인해 스킬이 무력화되고, 그들과 치열한 전투를 펼쳤다.

스킬을 사용하지 못하니 확실히 버거웠다. 심지어 상대는 스킬을 남발하며 압박해 오니 솔직히 숨이 막혀 왔다.

그러나 그들에겐 힘이 부족했다.

레벨이 깡패라고 했던가. 압도적으로 높은 나의 스탯은 그들의 힘을 억지로 짓눌러 버렸다.

거기다 수많은 경험으로 쌓은 전투 센스는 스킬을 뚫어 내고 2명을 로그아웃시키는 데 성공했다.

남은 건 대장으로 보였던 이 녀석 하나뿐이다.

"다른 유저들은 스킬을 봉인하면 너희 능력치가 조금 딸려도 죽이는 데 어려움이 없었을 거야. 그렇지?"

"……."

내 말이 사실이었는지 그는 몸을 떨 뿐 아무 말도 하지 않았다.

"야, 한 가지만 말해 주면 신고 안 하고 그냥 놔줄게. 어때?"

"…뭐?"

신고라는 말에 남자가 인상을 찌푸렸다.

"왜 그런 표정을 짓는 거야? 설마 내가 버그 플레이어들을 그냥 죽이고 끝낼 줄 알았어?"

"우, 운영자를 부르겠다는 말이냐?"

"당연한 소리를 왜 이렇게 비장하게 해."

놈은 꿀 먹은 벙어리가 되었다. 나름 치열하게 싸웠던 터라 신고에까지 생각이 닿지 않은 모양이었다.

"알지? 운영자가 내려오면 단순 정지로 안 끝나. 알다시피 요즘 가상현실에서 벌어지는 여러 범죄들을 현실과 동일시해서 처벌하고 있지. 이미 사례도 여러 개 나왔잖아."

"하, 하지만 나는 다른 놈들처럼 진짜 범죄를……."

"무슨 헛소리야? 넌 재산상의 피해를 입힌 거야. 버그를 씀으로써. 설마 홀리 가디언을 단순한 게임으로 치부하는 건 아니지?"

홀리 가디언은 이미 또 다른 세상이나 다름없다.

게임 속 아이템이나 골드가 비싼 값에 현금으로 팔리는 세상이다. 과거에도 이런 적은 많지만 액수만 따졌을 때 감히 비빌 수 없었다.

뿐만 아니라 수많은 자영업자들이 이곳으로 눈을 돌렸고, 학원가는 귀찮게 통원하지 않고 게임 내에 학원을 설립하기도 했다.

학교에서 가는 수련회나 수학여행 등도 홀리 가디언으로 오는 추세였다. 수준 높은 유저를 섭외해 가이드를 맡긴다거나 하는 문화도 만들어졌다.

믿기지 않겠지만 홀리 가디언은 이미 하나의 세상으로 자리를 잡았다. 반년도 안 되는 시간 만에.

덕분에 많은 법이 개정됐으며, 가상현실 특별법이란 것도 제정 중에 있었다. 그 제정된 법 중 하나에 악의적으로 금전적 손해를 입힌 피의자에 대한 처벌도 있었다.

"그냥 넘어갈 것 같아?"

"나, 나는 그냥……."

"알아, 알아. 너는 그냥 명령에 따라 움직이는 거겠지. 가뜩이나 망해 버렸는데, 돈까지 준다고 하니 눈이 회까닥 돌았을 거야. 그렇지?"

남자의 고개가 빠르게 끄덕여졌다.

내가 히죽 웃으며 한 번 더 제안했다.

"딱 한 가지야, 한 가지. 그것만 말해 주면 신고하지 않을게."

사실 내가 신고하지 않는다고 문제가 해결되는 건 아니다. 놈들이 무기를 잃은 지금 운영진은 이곳에서 벌어진 전투를 확인할 테고, 이들을 찾아내 반드시 벌할 것이다.

그것까진 굳이 말하지 않았다.

"어때?"

"…싫어."

"뭐라고?"

그 순간이었다. 남자의 코앞에 작은 공 하나가 나타났다. 인벤토리를 연 것이다.

공이 바닥에 떨어지는 순간 새까만 어둠이 남자를 뒤덮었다.

"내, 내겐 도망칠 수 있는 방법이 있는데 왜 네 말을 따라야 하지!"

"이 빌어먹을 새끼!"

재빠르게 검을 휘둘렀지만 어둠이 사라지는 속도가 더 빨랐다.

"이런 젠장!"

검이 허공을 갈랐다.

나는 욕지거리를 내뱉으며 발을 굴렀다.

설마 그런 아이템을 가지고 있을 줄은 꿈에도 생각하지 못했다.

✠ ✠ ✠

욜론은 가라앉은 눈으로 어딘가를 보고 있다.

발아래에는 볼품없는 검이 널브러져 있었는데, 팔만 내려 검을 들었다.

중장보병 부대를 연상시킬 정도로 단단해 보이는 일련의 무리가 그의 앞에 도달했다. 선두에는 아주 익숙한 얼굴이 같잖다는 시선을 쏘아 보내고 있다.

욜론이 피식 웃으며 자리에서 일어났다.

꾀죄죄한 몰골은 여전했지만 정신을 어지럽히던 불안감은 거의 가신 상태였다.

지금이라면 누구라도 쳐 죽일 수 있을 것만 같다.

선두에 선 자가 입을 열었다.

"다 포기한 사람처럼 보이는군."

"흐흐……. 내려놓으니 좋더라고."

욜론의 주변에 카드들이 떠올랐다. 히든 클래스 카드 메이커의 패시브 스킬이었다.

"기세가 등등하니 보기 좋네. 쫓겨 다니던 때와는 많이 달라졌어, 안색이."

그의 말을 들은 '군단'의 길드장 핫세가 차가운 미소를 머금었다.

그가 말없이 팔을 들어 올렸다. '군단'의 길드원들이 모두 무기를 뽑아 들었다.

"고작해야 버그 따위를 믿고 너무 설쳤어. 차라리 그 힘으로 돈을 벌 궁리를 하지 그랬나. 쥐새끼처럼 뒷구멍에 숨어서 말이지."

"호호……. 그것도 나쁘진 않겠지만 당한 건 반드시 돌려줘야 한다는 성격이거든. 안 그래도 알딘에게 보냈던 부하들이 깡그리 당해서 말이야. 너희라도 어떻게 해야 내 기분이 풀릴 것 같아."

불과 한 시간 전, 살아남은 부하에게 알딘에게 패했다는 소식을 들었다.

과연 길드 사냥꾼은 길드 사냥꾼이었다. 스킬을 일시적으로 봉인당했는데도 오로지 실력으로 그들을 쓰러트렸다.

세상에 그 정도 되는 유저는 찾아보기 힘들 것이다.

'제로스 정도 되면 모르려나?'

단신으로 길드 연합 '조커'의 총본부를 파괴한 괴물.

그 역시 욜론의 복수 대상 중 하나였지만, 솔직히 검을 쥐고 있는 지금도 두려웠다.

스킬을 봉인한다고 죽일 수 있을까?

세상은 두 번째 메인 스트림에서 승자가 된 알딘을 최강

으로 치부하지만,

'글쎄……'

욜론은 그렇게 생각하지 않았다. 그리고 그 생각은 지극히 옳았다.

제로스는 알딘보다 강하다. 실제로 더 약하다 한들 그 차이는 미세할 것이다.

알딘조차 넘을 수 없다면 제로스 역시 넘을 수 없다. 그 생각이 이를 바득 갈게 만들었다.

"부조리한 세상이다! 부조리한 세상!"

"연합을 만들어 한국 서버의 유저들을 공포로 억압해 놓고 부조리를 말하는 건가? 아주 이기적인 새끼로구나."

핫세의 두 눈에 불꽃이 튀었다.

'군단'의 길드원들이 넓게 포진해 욜론을 둘러쌌다.

한국 서버의 현 최강 길드이자, 얼마 전 갱신된 세계 길드 랭킹 5위에 당당히 이름을 올린 '군단'이다.

비록 얼마 전에 욜론에게 부대 하나가 당했다지만 조족지혈이나 다름없다.

"연합체가 남아 있지 않은 지금 너는 상대를 잘못 건드렸다."

"크흐흐……. 그것참 무섭군. 근데 그거 아나?"

"뭘 말이지?"

"잃을 게 없는 놈은 뒤가 없다는 거!"

욜론이 외침과 동시에 적진을 향해 뛰어들었다.

떠오른 카드들이 빙글빙글 돌아가더니 사방으로 쏘아졌다.

길드원들은 카드를 쳐 내며 욜론을 찢어 죽이기 위해 돌진했다.

그 순간이었다.

"이 검에 담긴 핵이 왜 무서운지 알아?"

"죽어라!"

거대한 폴암이 욜론의 목을 치기 위해 매섭게 떨어진다. 스킬이 발동됐는지 폴암의 날엔 푸른 마력이 넘실거리고 있었다.

욜론이 씩, 입꼬리를 올렸다.

마력이 픽- 꺼지더니 허공에 생성된 수십 장의 카드가 해당 길드원을 갈기갈기 찢었다.

"크억!"

그 짧은 비명 사이로 욜론이 속삭이듯 말했다.

"내 모든 능력에 버그를 담을 수 있기 때문이야."

학살이 시작되었다.

정확히 15분이 흘렀다.

욜론은 검을 허리춤에 집어넣었다.

주변을 둘러보았다.

수많은 시체가 사라지지도 못한 채 들판 위에 널브러져 있다. 그중엔 '군단'의 길드장인 핫세도 있었다.

알딘이 상대했던 그의 부하들과 달리 욜론의 스킬들은 기본적으로 범위형으로 이루어졌다. 버그가 스킬에 적용된 순간 그 수가 얼마가 되었든 쪽수로는 그를 쓰러트릴 수 없다.

"문제는 이 힘으로는 알딘이나 제로스를 어쩌지 못한다는 건데……."

시간이 약이라고 했던가. 검을 쓰면 쓸수록 옥죄어 오던 죄책감과 두려움은 사라져 갔다.

그는 탐욕 어린 눈으로 검을 보며 중얼거렸다.

"그들을 상대하려면 프로토 타입이 아니라 업그레이드된 버그가 필요하다."

그는 곧바로 누군가에게 연락을 넣었다.

✧ ✧ ✧

"젠장할 놈들! 튀는 것도 준비해 놓다니."

나는 괜히 주변 바닥을 발로 쓸며 혀를 찼다.

뭘 사용한 건지 모르겠지만 도망친 이상 잡을 수 있는 방법은 없었다.

일단 고객 센터에 신고는 해 놨다.

그리고 몇 분 안 되어 운영진에게 답장이 왔다.

조금만 기다려 달라는 내용이었다. 메탈리즘사가 현 문제를 얼마나 심각하게 받아들이고 있는지 잘 알 수 있는 대목이었다.

번쩍!

하늘을 올려다보니 파랗던 하늘이 하얀빛으로 물들었다.

개벽하듯 갈라지는 하늘 틈으로 운영자가 나타났다.

"꼭 저렇게 나타나야 하나?"

나 왔소, 하고 알리는 것도 아니고. 쓸데없이 요란하기만 하다.

운영자는 여자였는데, 아담한 체구에 귀여운 얼굴을 하고 있었다.

"담당자 헤르샤입니다. 버그 플레이어들과 전투를 벌였다고요?"

"네. 바로 이곳에서 싸웠습니다."

"저기… 플레이어명이 혹시……."

얼마나 급하게 운영자를 보낸 건지, 내 닉네임도 제대로 전달이 안 됐나 보다.

"알딘입니다."

"아, 알딘 님. 네. 알딘… 알딘?"

헤르샤의 큰 눈이 토끼처럼 동그랗게 떠졌다.

대충 고개를 끄덕이자 입을 가리고 '어머, 어머, 어머!' 하기 시작한다.

"패, 팬이에요!"

"감사합니다. 그렇게까지 유명하진 않은데."

"에이! 길드 사냥꾼 알딘! 하면 누구나 알죠! 가장 핫한 유저신데! 덕분에 저희 홀리 가디언 홍보가 아주 잘되고 있어요."

"하하! 근데 제 얘기 하려고 내려오신 건 아니지 않나요?"

"아, 맞다."

정신을 차린 헤르샤가 머쓱한 얼굴을 했다.

"시간은 길게 빼앗지 않을게요. 몇 가지만 물어볼 테니까 대답해 주세요."

어려운 건 아니었기에 알았다고 대답했다.

✢ ✢ ✢

짧은 질의응답이 끝나고 헤르샤는 돌아갔다.

질문은 평범했다. 버그 플레이어들은 어땠는지, 어떻게 쓰러트렸는지, 무슨 말을 했는지 등이었다.

내가 그들의 정체가 '조커'의 잔당이라고 밝히자 헤르샤는 꽤 놀란 듯했다. 용의자가 확 줄어들 정도의 단서였기 때문이다.

그러나 '조커'는 연합체이기에 무슨 길드들이 엮여 있는지 쉽게 알 수 없었고, 구성원 또한 개미처럼 많았다.

이 부분은 운영진 측이 알아서 할 문제다.

대화가 끝나고 그녀는 버그 플레이어와의 전투 영상을 운영진 측에서 분석해도 되겠냐고 허락을 구했다.

검을 가지고 있는 이상 녹화된 영상도 아마 엉망이 되어 있을 것이다. 그래도 사소한 단서라도 있는 편이 좋으니 허락했다.

"나도 슬슬 움직이자."

나는 북부로 이동할 준비를 마쳤다.

이전에 천공섬의 붕괴로 '진짜 북부'로 진입할 수 있는 티켓을 얻지 못했다.

"다시 가야 하네."

'원하는 곳으로 보내 줍니다!'를 꺼냈다. 이게 없었으면 정말 귀찮은 여정이 됐을 것이다.

한 차례 빛이 번쩍였고, 코르도스 산 정상에서 눈을 떴다.

"천공섬으로는 바로 이동이 안 되네."

재구성되면서 맵이 초기화된 모양이다.

어쩔 수 없이 바위를 조작해 천공섬으로 가는 문을 열었다.

다시 방문한 천공섬은 크게 달라져 있지 않았다. 이곳에 서 있었던 일들이 새록새록 떠올랐다.

걸음을 막 옮기려는데 메제스에게 연락이 왔다.

(바로 받는군!)

"무슨 일이야?"

(핫세가 당했다.)

이야! 운영자를 만나고 온 지 몇 분 되지도 않았는데, 핫세가 당했단다.

순간 할 말을 잃어버렸다.

내가 조용히 있자 이해한다는 듯 메제스가 말을 이었다.

(들어 보니 욜론에게 당했다는 모양이야.)

"그놈은 또 어떻게 찾았대?"

운영자들도 버그 플레이어를 못 찾고 있는데, 능력도 좋다. 속한 조직의 힘을 빌린 거겠지만 그렇다 해도 대단한 것은 대단한 것이다. 문제는 찾고 나서 당했다는 거지만.

(그것까진 모르겠네. 하지만 핫세가 정예를 이끌고 갔는데도 욜론을 죽이지 못했다는 거야.)

"으음……."

('군단'은 계속해서 놈을 추격하고 있다곤 하는데, 이쯤 되니 솔직히 불안해지더군.)

"뭘 말하고 싶은 거야?"

(조심해라. 너까지 당하면 흐름이 완전히 놈들에게 넘어가.)

"알고 있어. 안 그래도 아까 전에 놈들한테 습격당했던 참이야."

(뭐라고!)

귀청이 나가떨어질 뻔했다. 뭔 놈의 목청이 저리 크단 말인가?

나는 눈살을 찌푸리며 귀를 후벼 팠다.

"시끄럽다, 인마."

(미, 미안. 너무 갑작스러워서. 진짜 습격당했나?)

"다행히 모두 쓰러트렸어."

(허허……. 그런데 놈들? 한 명이 아니었다고?)

"응. 5명이었는데, 어떻게든 쓰러트렸어. 한 놈은 사지를 잘라서 도망치지 못하게 했는데 실패하고 말았다."

(그것만으로도 대단하군……. 혹시 스킬을 봉인당하지 않았던 건가?)

"안타깝게도 봉인당했었는데, 잘 못 싸우더라고. 하여튼 놈들을 놓치고 운영자한테 신고했더니 바로 찾아오더라."

(급할 테니까.)

지금 버그 플레이어들은 생태계를 파괴하는 외래종보다 더 지독한 녀석들이다.

(일단 알겠다. 진짜 대단한 놈이로군! 어떻게 그놈들을 5명이나 잡은 거야? 하하하!)

메제스가 기분 좋게 웃음을 터트렸다.

(다음에 다시 연락하지.)

"오냐."

통신이 끊겼다.

나는 그가 했던 말을 되짚으며 중얼거렸다.

"욜론이라……."

제대로 엮인 적은 한 번도 없는 것 같은데 이상하리만치 깊은 악연이 형성되어 있다.

핫세가 이끈 '군단'의 정예가 전멸했다.

그 소식이 알려지진 않을 것이다. 핫세만큼 자존심이 강한 남자는 드물었으니까.

대신 한 번 더 조직의 힘을 빌려 그를 찾으려 들겠지.

"그놈들이 무슨 표정을 짓고 있을지 참 궁금해."

욜론을 꼭두각시처럼 조종하고 있을 의문의 조직.

머리를 흔들어 잡생각을 털어 냈다.

일단 티켓을 얻는 것에 집중하자.

나는 천공섬의 서쪽 방향으로 걸음을 옮겼다.

※ ※ ※

김진욱은 깊게 내려온 다크서클을 한 채 한창 보고서를 작성하고 있었다.

버그 플레이어라는 놈들 때문에 집에 못 들어간 지 벌써 며칠이나 됐던가.

정말 미치고 팔짝 뛸 노릇이었다. 고객들에게 하루에 수십만 통, 많으면 수백만 통씩 항의 메일이 왔고, 전화기는 쉬지 못하고 계속해서 울렸다.

"개새끼들······."

"누구한테 그렇게 욕하는 거냐?"

어느새 다가온 박상철이 차가운 커피를 내밀었다.

김진욱은 커피를 받으며 한숨을 내쉬었다.

"버그인지 벌레인지 하는 놈들 때문에 서른 언더로 죽게 생겼습니다."

"자식이 못하는 말이 없어!"

박상철이 그의 뒤통수를 후려치며 말했다.

그러나 그의 마음을 모르는 건 아니었다.

현재 버그 플레이어들 때문에 메탈리즘사는 엄청난 비상이 걸렸다.

이건 회사의 존망과 직결됐다고 해도 과언이 아니었다. 버그를 빠른 시일 내에 붙잡지 못하면 고객들은 반드시 떠날 테니까.

그때 문을 열고 젊은 여자가 들어왔다.

"팀장님!"

아까 전 알딘과 접촉했던 운영자인 헤르샤였다. 그녀의 본명은 이현이로 입사한 지 갓 한 달 된 신입이었다.

"무슨 일이야?"

"아까 전에 버그 플레이어와 접촉했다는 유저 말인데요. 그 유명한 길드 사냥꾼 알딘이라고 하더라고요!"

"알딘!"

김진욱이 놀란 목소리로 물었다.

이현이가 고개를 빠르게 끄덕였다.

"알딘 님께 버그 플레이어들이 '조커'의 잔당이라는 사실도 밝혔대요."

"그건 알고 있었다. 지금 버그 플레이어들을 움직이는 자가 욜론이니까."

"헉! 알고 계셨어요?"

운영진이 수장의 정체조차 알아내지 못하면 그것만 한 무능이 없었다.

문제는 그의 위치를 파악하지 못한다는 것이다.

정부의 지원을 받아 추적하려는데 쉽지가 않다. 대체 뭐가 그의 뒤에 있는지 모르겠지만 어느 순간부터 동선을 파악할 수가 없다.

이런 것까지 신입한테 말해 줄 수는 없는 노릇. 박상철이 담담한 얼굴로 다른 걸 질문했다.

"알딘이 다른 말은 안 하던가?"

"아, 별다른 말은 없었어요. 대신 전투 영상에 대한 분석을 허락해 주셨어요."

"그건 괜찮은 성과로군."

"헤헤!"

"수고했다. 조금 쉬고 있어. 김 대리, 바로 시작해."

"하아……. 넵."

어느새 대리로 승진한 김진욱이 이현이에게 영상을 받아 분석을 시작했다. 야근이 시작되었다.

❀ ❀ ❀

하늘에 고립된 죄수들이 미친 듯이 내게 달려온다. 평균 레벨 160의 몬스터들이지만 별다른 감흥은 느끼지 못했다.

칼날을 타고 흐르는 번개를 한 번 휘둘렀다.

콰르릉!

천둥이 요란하게 퍼지며 번개 줄기가 사방으로 뻗쳐 나갔다.

광마전사가 되며 신력이 한층 더 강력해졌다.

탄화된 죄수들이 비명을 지르며 뒤로 물러났다.

리히트 블레이드로 검을 강화시키고 놈들의 중심부로 뛰어들었다.

크아아악!

죄수 하나가 악을 지르며 몸을 던져 온다.

내 전신에서 하얀빛이 부드럽게 펼쳐졌다.

[광섬(光纖):게헥]

광참:난격의 진화 스킬로, 이전엔 가느다란 실타래였다면 지금은 굵직한 빛의 섬유가 적을 섬멸했다.

콰가강!

섬유가 훑고 지나간 자리는 지우개로 지운 것처럼 사라져 있었다.

왼손가락을 살짝 구부렸다. 밀도 높은 어둠이 뭉치더니 예측할 수 없는 방향으로 퍼져 나갔다.

[크레이지 모션(Crazy Motion)]

매드 어택의 진화 스킬이었다.

이전보다 강력해진 어둠의 충격파는 삽시간에 주변을 휩쓸다 못해 뒤집어 버렸다.

검은 태양의 파편과 비교해도 손색없는 파괴력. 심지어 감염이라는 상태 이상까지 부여한다.

죄수들이 주춤거리며 나와 거리를 벌리기 시작했다.

[점멸]

내가 픽 꺼지듯 사라지자 죄수들이 눈에 띄게 당황했다.

[반전 세계]

나는 회색으로 뒤덮인 세상에서 놈들을 주시했다.

점멸을 사용해야만 펼칠 수 있는 연계 스킬로 10초간 반전 세계에 몸을 숨길 수 있게 된다.

유유히 무리의 대장으로 보이는 죄수의 뒤에 섰다.

회색빛이 사라지며 현실로 돌아왔다.

아무도 내 기척을 느끼지 못했다.

[리히트 다크니스:오버 쉘(Over Swell)]

원래 광전사(眞)의 스킬 콘셉트가 빛과 어둠의 스킬이었다면 지금은 조화다!

어둠이 드리운 자리에 광명이 내려앉듯 거대한 힘의 파장이 공간을 찌릿찌릿 울린다.

죄수들이 기겁하며 몸을 돌렸지만 이미 늦었다.

뒤섞인 빛과 어둠은 1차 절기 '빛과 어둠의 충돌'과 달리 유하게 서로를 끌어안았다.

그리고 동그란 원이 바닥에 그려졌을 때,

"세네."

팽창과 수축을 반복하는 공간이 죄수들을 집어삼켰다. 그러곤 흔적도 남기지 않고 그대로 사라졌다.

나는 바닥에 덩그러니 놓여 있는 잡템들을 보았다.

리히트 다크니스:오버 쉘은 새로 배운 스킬이었다.

"대부분 이 정도 위력인 건가?"

암살자의 2차 전직 스킬들과는 비교가 불가할 정도로 강력하다. 사카드와 비교해 봐도 내 쪽이 월등히 뛰어났다.

손을 내려다보았다.

은은하게 흐르는 어둠 위로 하얀 스파크가 튀어 오른다. 패시브 스킬 '공존'이었다.

효과 설정은 끌 수 있지만 왠지 멋있어 그냥 놔두고 있었다.

'살짝 중2병스럽긴 한데.'

남들한테만 안 보이게 하면 되겠지.

나는 만족스럽게 웃으며 다시 목적지로 향했다.

✟ ✟ ✟

마마야루 대륙에 위치한 하이든 산맥을 넘어가면 '진짜 북부'가 나타난다. 사실 진짜라는 말보단 얕은 바닷물로 이어져 있는 또 다른 소대륙이라고 보는 것이 옳다.

이곳으로 진입하기 위해선 천공섬에서 티켓이라는 걸 얻어야 하는데, 말이 티켓이지 자격의 한 종류였다.

하이든 산맥과 소대륙 사이를 지배하는 마룡에게서 살아남을 수 있는 자격.

나는 그것을 얻기 위해 현재 천공섬 서쪽에 위치한 비탈길 위에 서 있었다.

"마룡이라……."

나는 안개처럼 떠돌아다니는 구름들을 보며 중얼거렸다.

추정 레벨은 1천 이상, 머리부터 꼬리까지 길이는 450미터, 지금까지 밝혀진 공격기만 10여 종으로 모두 도시 하나 정도는 쉽게 날려 버릴 수 있다. 쉽게 말해 팔왕보다 훨씬 강력한 괴물이다.

하긴 드래곤 중에 약한 놈이 어디 있겠냐마는, 종족 특성상 숨어 사는 데 반해 놈은,

"아주 활개를 치고 다녔지. 아니, 지금도 똑같겠구나."

지금 이 순간에도 자신이 지배하는 구역을 날아다니며 침입자를 씹어 먹고 있을 것이다.

전생에 어느 정도 세력을 일군 대형 길드 몇 개가 연합해 마룡을 토벌하려 한 적이 있었다.

평균 레벨 700 이상으로 모집했는데도 불구하고 결과는 싹 다 전멸. 심지어 마룡이 그들 전체에게 각인을 새겨 티켓을 얻어도 소대륙으로 진입하지 못했다.

놈과는 최대한 엮이지 않는 게 베스트다.

구불구불한 비탈길을 천천히 내려갔다.

신기한 동물들이 기이한 나무에 매달려 나를 보고 있다.

그들은 몬스터가 아니었다.

"노인네, 취향 여전하네."

소대륙으로 갈 수 있는 티켓을 얻기 위해선 천공섬에 사는 한 노인을 찾아야 한다. 원래라면 찾는 데까지 시간이 꽤 걸리겠지만 회귀자인 내겐 누워서 떡 먹기다.

순식간에 비탈길을 내려오자 허름한 오두막이 나타났다.

좁은 마당엔 낡은 흔들의자가 삐걱거리며 혼자 움직이고 있었다.

"계십니까?"

소리 높여 주인을 불렀다. 자리를 비운 건지 인기척도 느껴지지 않았다.

NPC의 움직임은 유동적이기 때문에 시간을 맞추지 못

하면 이런 경우가 왕왕 있었다.

흔들의자에 앉았다.

동물들이 어둠 속에서 눈을 빛내며 나를 주시한다. 꺼림칙했지만 위험하지 않다는 걸 알기 때문에 가만히 있었다.

멍하니 있는 건 성격에 안 맞아 커뮤니티를 뒤져 봤다.

대부분 버그 플레이어에 관한 얘기였다.

핫세가 언론 통제를 잘해 놨는지 '군단'이 당했단 소식은 어디에서도 찾아볼 수 없었다. 대신 내 얘기가 대문짝만하게 메인에 걸려 있었다.

"이런……."

〈길드 사냥꾼 알딘! 난항을 겪던 크라켄 레이드를 성공시킨 것도 모자라 홀로 버그 플레이어 다섯을 때려잡다!〉

굳이 눌러 보지 않아도 내용을 알 것 같았다. 아마 운영진 측에서 뿌린 정보를 토대로 작성된 기사일 것이다.

버그 플레이어 때문에 무너진 이미지를 나로 다시 쌓겠다는 것도 아니고.

마음에 들지 않았지만 그렇다고 따지고 싶은 생각도 없었다. 나중을 위해서 인지도를 차곡차곡 쌓는 것도 나쁘진 않다.

그 외에 볼만한 건 없었다.

커뮤니티를 막 끌 무렵, 드디어 기다리던 노인이 나타났다.
"허허! 손님이 다 오다니, 신기한 노릇이군."
고개를 돌리자 지푸라기로 만든 모자를 쓴 노인이 서 있었다.
노인의 옆엔 개 한 마리가 헥헥거리고 있었는데, 이마에 뿔이 하나 나 있었다.
"일각견."
"제법 식견이 있는 자로군. 일각견을 알다니. 그렇지?"
왈왈!
대답하듯 일각견이 시끄럽게 짖었다.
복슬복슬한 것이 생긴 건 꼭 보더콜리 같았다.
내가 쓰다듬으려고 손을 내밀자,
으르르릉-
자그마한 이빨을 자랑하며 나를 매섭게 노려본다.
"낯을 좀 가리는 아이니까 괜히 물리지 말게."
"그래 보입니다. 대단한 충견일 것 같군요."
"혼자서 집 근처를 침범하는 괴물들을 막아 내니 충견이라 할 수 있겠지."
노인은 웃으면서 일각견의 등을 부드럽게 쓰다듬었다. 그게 기분 좋았는지 일각견이 헥헥거리며 꼬리를 살랑살랑 흔들었다.
갑자기 개가 기르고 싶어졌다. 하루 종일 게임만 하는 내겐 당연히 무리다.

　나는 아쉬움에 입맛을 다시고 노인에게 말했다.

　"티켓을 얻으려고 왔습니다."

　"…이렇게 훅 들어올 줄은 몰랐는데."

　"질질 끌 필요가 있겠습니까?"

　"음……. 가진 바 능력은 출중하군. 자네라면 시험을 치를 자격이 돼."

　"무슨 시험을 치르면 됩니까?"

　"별것 없네. 천공섬에 위치해 있는 던전들 중 세 군데만 클리어하고 와."

[아르카딘의 시험]
소대륙으로 진입하기 위해 필요한 자격, 혹은 티켓을 얻기 위해선 문지기 아르카딘의 인정이 필요하다.
보상:소대륙으로 갈 수 있는 자격 획득

　내용을 알고 있던 터라 갈 만한 던전을 모두 생각해 놓은 상태였다. 굳이 먼 길 돌아갈 필요 없이 서쪽 부근에만 수십 개의 던전이 존재한다.

　"다녀오겠습니다."

"조심하게."

나는 그에게 인사하고 첫 번째로 생각해 둔 던전으로 향했다.

짹짹-

찌르르르-

새소리와 풀벌레 소리를 들으며 노인, 아르카딘이 입꼬리를 올렸다.

일각견이 말똥말똥한 눈으로 제 주인을 올려다본다.

"반신을 토벌한 사내라……."

그는 알딘에 대해 알고 있었다.

천공섬이 재구축되기 전부터 아르카딘은 이 자리를 굳건하게 지키고 있었다.

정확히는 천공섬이 탄생하며 발생한 부산물이 바로 그였다. 당연히 타락한 반신에 대해서도, 오델론과 신화의 잔재에 대해서도 알고 있었다.

"빛의 분노를 산 자의 유지를 이었다 해도 지금 수준으로 소대륙은 버거울 텐데……. 욕심인가?"

그것까진 알 수 없다.

아르카딘은 재밌다는 듯 알딘이 떠나간 자리를 보며 오두막으로 들어갔다. 일각견은 꼬리를 살랑살랑 흔들며 주인의 뒤를 따랐다.

※ ※ ※

[띠링! 최초로 던전 '오보가 잠든 굴'에 입장하셨습니다.]

[최초 보너스로 '오보가 잠든 굴'에서 습득하는 경험치가 2배 증가합니다.]

[최초 보너스로 '오보가 잠든 굴'에서 획득하는 모든 아이템의 드롭률이 2배 증가합니다.]

"크흐! 이곳은 정말이지 보물단지라니까."

지금 천공섬의 존재를 아는 이는 나와 세토란 녀석밖에 없다. 모든 던전을 독식하기엔 시간이 촉박하지만, 가장 훌륭한 세 군데라면 나름 만족이었다.

"노인네가 서쪽에 있어서 다행이라니까."

북쪽에 있는 하디마티의 시험 산보다 위험한 곳이 천공섬의 서쪽 일대였다. 몬스터의 수준이 가장 높고, 위치해 있는 던전의 난이도는 다른 곳보다 평균 레벨이 10 정도 더 높았다. 특히 내가 선정한 세 던전은 그중에서도 발군이었다.

천공섬에 거의 와 본 적이 없는 나지만, 소문이라는 건 궁금해하지 않아도 알게 되는 법.

'오보가 잠든 굴', '세피로트의 줄기가 파묻힌 곳', '검은 새의 왕'.

명실상부 천공섬에서 가장 어렵기로 소문난 던전들이다. 그리고 아주 효율적이고 뛰어난 아이템을 얻을 수 있는 곳이기도 했다.

"그건 운이 따라 줬을 때 얘기지만."

운이 좋다면 생각한 것들을 모두 얻겠지만, 세상사가 뜻대로 다 될 리 있겠는가.

당장 크라켄이 드롭한 아이템도 그리 좋은 건 아니었다.

동굴 안쪽으로 걸음을 옮겼다.

빛이 들어올 만한 장소가 아닌데 동굴 안은 상당히 밝았다.

'뭐가 있군.'

아무것도 없는데 이렇게 밝을 순 없다.

용암의 검을 뽑았다.

[광안(光眼)]

두 눈에 백광이 흐르며 야간 투시경처럼 주변의 풍경이 여러 색으로 구분되기 시작했다.

온기가 아닌 마력으로 형태를 파악하는 스킬이었다. 마력이 집약되어 있을수록 새까맣게 보이는데, 멀지 않은 곳에 시커먼 덩어리가 서 있었다. 몬스터였다.

"투명이라……."

놈 주변으로 그라데이션처럼 점점 옅어지는 검은 파장이 있는 걸 보니 빛을 발광하고 있는 모양이다.

내가 아직 자기를 인지하지 못했다고 생각하는지 가만히 있다. 선빵 제대로 쳐 달라고 구걸하는 것 같아 매우 흡족했다.

나는 씩, 입꼬리를 올렸다.

새로운 스킬을 시도해 보기 아주 좋은 샌드백이다.

[흑점:소드 블랙홀(Sword Black Hole)]

검끝에 검은빛이 점처럼 맺혔다.

이상한 낌새를 눈치챘는지 놈이 움직이려 했지만 그보다 내가 더 빨랐다.

점멸로 지척까지 이동한 다음 놈의 복부에 검을 찔러 넣었다.

검은 점이 야구공 크기로 팽창하더니 살가죽째로 빨아들이기 시작했다!

"와우!"

므어어억!

흑점:소드 블랙홀은 군중 제어기+공격기였다. 빨아들이는 듯한 모션도 사실은 공간을 일그러트려 상대의 움직임을 붙잡는 것이었다.

그렇다고 위력이 약한가?

마아아악!

"괴상한 울음소리하고는."

괴물의 형체는 눈에 보일 정도로 무너지고 있었다. 생각보다 딜이 세게 박히고 있다는 증거다.

놈의 이름과 레벨을 확인했다.

[굴복한 자 샬롭스][178레벨][엘리트]

"엘리트 몬스터잖아?"

시작부터 만난 놈이 엘리트라는 건…….

주변의 공기가 묵직하게 변한다. 직후 사방에서 놈과 비슷한 생김새의 몬스터들이 좀비처럼 일어나기 시작했다.

던전 초입에서 엘리트 몬스터를 만난다면 십중팔구.

"이런……. 네임드 몬스터만 나오는 던전이었냐!"

이거 생각보다 시간이 걸릴 것 같다.

✟ ✟ ✟

[굴복한 자 바드레][177레벨][엘리트]
[굴복한 자 오쟌][178레벨][엘리트]
[굴복한 자 산타리노][180레벨][엘리트]
[굴복한 자 링거][176레벨][엘리트]

총 4마리의 엘리트 몬스터였다.

아무리 네임드 몬스터만 등장하는 던전이라지만 한 번에 5마리의 엘리트 몬스터라니. 이건 조금 너무했다.

므어어어―

흑점:소드 블랙홀에서 자유로워진 샬롭스가 낮게 울음을

토했다.

원래라면 묶여 있는 놈의 목을 베어 버렸어야 했는데, 아무래도 쉽지 않을 것 같다.

"그래, 이 정도는 되어 줘야지."

레벨 차이만 봤을 때 충분히 감당하고도 남는다. 문제는 모두 엘리트 등급의 몬스터라는 점이다.

엘리트 등급은 평범한 몬스터들보다 평균 능력치가 1.5배 정도 더 높다. 레벨로 치자면 30레벨은 더 높다고 보는 게 옳으리라. 그리고 좁은 지형에서 둘러싸인 것도 불리한 상황이었다.

다행이라면 이 상황에서 벗어날 수 있는 스킬이 있다는 것.

[점멸]

므억?

끄러어억!

내가 사라지자 괴물들이 괴성을 내질렀다.

가장 레벨이 낮은 링거의 뒤로 이동한 나는 곧장 놈을 공격했다.

[리히트 블레이드+뇌전의 신격]

빛의 칼날과 융화된 번개가 링거의 목을 꿰뚫었다.

프러어억!

통증도 못 느끼는지 놈이 거대한 팔을 휘둘러 왔다. 검을 뽑아내고 재빨리 몸을 피했다.

내 위치를 알아챈 괴물들이 안광을 빛내며 달려오기 시작했다.

[광섬:게헥]

빛의 섬유로 놈들을 저지하고 뒤로 멀찍이 물러났다.

그때 바드레의 가슴이 쩍 갈라지더니 주홍색 광선이 허공을 쇄도해 왔다.

콰아아!

폭포수 쏟아지는 소리가 귓가를 때렸다.

다급히 육각 방패를 전개해 광선을 막았다.

콰지직!

위력이 상당한지 2장의 방패가 박살 났다.

그 틈을 노리고 오쟌이 손등에서 커다란 곡괭이를 뽑아 나를 향해 뛰어올랐다.

광선을 막느라 움직임에 제약이 생겨 피할 수 없다. 하는 수 없이 검으로 곡괭이를 막았다.

쾅!

"칫!"

체구만큼이나 근력이 대단했다. 딛고 선 바닥이 움푹 내려앉을 정도니 말 다 했다.

나는 이를 악물고 놈을 밀어냈다. 그리고 바로 오쟌에게 달려들려고 했는데, 샬롭스가 황소처럼 내 몸을 들이받았다. 투명화뿐만 아니라 인기척까지 숨길 수 있는 녀석이라 눈치채지 못했다.

"쿨럭!"

피가 한 움큼 터져 나오며 그대로 벽에 처박혔다.

산타리노가 10장의 노란 부적을 허공에 띄웠다. 부적 간에 검붉은 뇌기가 이어지더니 중심에 뭉쳐 강력한 포탄이 되었다.

콰앙!

내가 있는 곳에 정확히 꽂힌 포탄은 거대한 폭발을 일으켰다.

타닥타닥-

불꽃이 튀어 오르며 동굴의 입구 부분에서 화재가 발생했다. 마무리로 공격당했던 링거가 거대해진 주먹을 그곳에 꽂아 넣었다.

보통 유저였다면 절대 살아남을 수 없는 연계 공격.

아니, 보통 유저가 아니었다 해도 방금 건 로그아웃당해도 이상하지 않았다.

"진짜 큰일 날 뻔했어."

점멸과 반전 세계가 아니었다면 말이다.

괴물들이 뒤로 몸을 돌렸다.

나는 삐걱거리는 목을 문지르며 놈들에게 검을 겨누었다.

"새끼들, 되게 빡세게 나오네."

샬롭스에게 들이박혔을 때도 박혔을 때지만 포탄이 날

아울 땐 식겁했다.

"HP가 60퍼센트 넘게 달았잖아, 벌써부터."

['경시되는 생명'의 효과로 공격력이 50퍼센트 증가합니다!]

공격력이 상승하며 공존의 효과가 한층 더 짙어졌다.

주먹을 말아 쥐며 놈들을 노려봤다. 각기 다른 괴음을 흘리며 다시 내게 돌진할 준비를 하고 있다.

"오냐, 한번 해 보자."

칼날을 타고 불길이 치솟는다.

괴물들이 육중한 몸체를 쾌속하게 움직였다.

손잡이를 두 손으로 꽉 붙잡고 일자로 내리그었다. 2차 전직을 하며 마지막으로 손에 넣은 스킬이 그 빛을 발했다.

✠ ✠ ✠

[레벨 업!]

"후!"

마지막 한 마리까지 깔끔하게 처리하고 바닥에 주저앉았다.

엘리트 몬스터 5마리를 한꺼번에 상대하는 건 확실히 벅찬 부분이 많았다.

하지만 에픽 클래스의 2차 전직은 뭐가 달라도 달랐다. 아이템 능력은 거의 사용하지 않고 스킬만 사용했는데도 하나하나가 묵직한 파괴력을 자랑한다.

"이젠 진짜 1인 레이드도 가능하겠는데?"

당장 1차 전직 때도 레이드 몬스터에게 유효한 타격을 많이 주었다. 그때보다 월등히 강해진 지금이라면 석장의 하우저 정도는 어렵지 않게 쓰러트릴 수 있으리라.

잠깐의 휴식이 끝나고 드롭된 아이템들을 주웠다.

엘리트 등급이면서 레어 하나 떨구지 않았다.

"가난한 놈들 같으니라고."

고생, 고생하며 쓰러트렸는데 보상이 안 좋으면 덩달아 기분도 안 좋아진다.

잡템을 모두 줍고 다시 길을 나섰다.

역시 이 던전에 출몰하는 모든 몬스터는 네임드가 맞았다. 그만큼 몬스터의 수는 많지 않지만 차라리 잡몹들이 많은 편이 더 낫다.

대충 20마리의 엘리트, 커맨더 등급의 몬스터를 처치했다. 덕분에 레벨이 2개가 더 올랐다.

"젠장! 보스 방은 어디야?"

문제는 이렇게 전투를 많이 치렀는데 보스 방이 나올 기미가 안 보인다는 것이다.

설마 모든 몬스터를 잡아야 나타나는 구조는 아니겠지?

설마가 사람 잡는다지만 그건 아닐 것이다.

자리에서 일어나 다시 이동을 시작했다.

던전은 끝이 있는 것 같진 않았다. 일종의 미로 형식이었는데, 갈림길이 참 많았다. 길을 잘못 들면 지나온 곳으로 다시 돌아오기도 했다.

"하양아, 쿠루쿠루."

오랜만에 펫들을 소환했다. 예전엔 그들의 도움이 간절했지만 지금은 혼자서도 할 만하니 잘 안 부르게 된다.

"잘들 지냈어?"

교오!

쿠루루…….

오랜만에 불러서 삐쳤는지 하양이는 버럭 소리를 질렀고, 쿠루쿠루는 슬픈 눈을 하며 말끝을 흐렸다.

"미, 미안."

교교!

쿠루루!

내가 사과하자 다신 그러지 말라는 듯 성질을 내는 두 녀석은 무척 귀여웠다.

사죄의 의미로 맛 좋은 간식을 쥐여 주었다. 일정 시간마다 아공간으로 먹이와 간식이 넘어갈 텐데, 내가 줘서 그런지 기쁘게 받아먹는다.

아이들이 다 먹은 걸 확인하고 명령을 내렸다.

"보스 방을 찾아!"

교오!

쿠루루루루!

맡겨만 달라는 듯 가슴을 쫙 편 두 놈은 각자 다른 갈림길로 사라졌다.

허공에 시야 공유 화면을 열어 놓고 나도 다른 길로 들어갔다.

그렇게 한 시간 정도 지나고, 드디어 보스 방을 찾을 수 있었다.

문제는 그곳까지 가는 길이 상당히 험했다. 지형도 지형인데, 중간 보스가 무려 4마리나 된다. 거기다 뭉쳐 있어서 무식하게 들이댔다간 역으로 내가 당할 수도 있다.

"지랄 맞은 난이도로군."

애초에 1인용 던전이 아니었다.

나는 쓰게 웃으며 쿠루쿠루가 대기하고 있는 곳으로 이동했다.

한창 이동하고 있을 때 하양이가 합류했다. 어린아이만큼 큰 녀석은 아장아장 내 뒤를 잘 따라왔다.

가는 길에 3번의 전투를 더 치렀다. 던전이란 게 전투가 끊이지 않는 곳이긴 하지만 해도 해도 너무하다.

"보스랑 싸우기도 전에 지치겠네!"

포션을 넉넉히 챙겨 오지 않았다면 돌아갔을지도 모르겠다.

나는 괜히 앓는 소리를 하며 암벽을 기어올랐다.

쿠루루-

위에서 대기하고 있던 쿠루쿠루가 웃는 눈 모양으로 나를 반겼다.

등에 매달려 있던 하양이가 머리를 밟고 위로 먼저 올라갔다.

교오!

"이 녀석!"

한 소리 하려고 했지만 하양이는 들은 척도 안 하고 중간 보스들을 확인했다. 괜히 멋쩍어져 잔소리하지 않고 녀석의 뒤편에 앉았다.

쿠루쿠루가 어깨에 앉았다. 머리를 쓰다듬어 주는 것으로 칭찬을 대신하고 중간 보스들을 확인했다.

[아리아제] [185레벨] [중간 BOSS]
[카트리나] [185레벨] [중간 BOSS]
[모리슨] [185레벨] [중간 BOSS]
[오벵] [186레벨] [중간 BOSS]

중간 보스가 4마리나 돼서 그런지 레벨은 그리 높지 않았다.

그보다 하나같이 오랫동안 매장되어 있던 시체처럼 생겼다. 미라라고 해야 할까?

비쩍 마르고 썩어 있지만 머리카락 길이 등으로 성별을 확인할 수 있었다. 아리아제와 카트리나는 여자고, 모리슨과 오벵은 남자다.

문제는 저들이 지금까지 만난 몬스터들과 달리 사람 같다는 것이다. 인간형이라고 못 잡겠다, 이런 게 아니었다. 일종의 위화감이었다.

'괴물들만 있는 곳에 생전에 인간이었을 것 같은 미라가 중간 보스로 있다?'

'오보가 잠든 굴'이란 던전의 존재만 알지, 내용물까진 알지 못했다.

오보란 혹시 네크로맨서인가? 지금까지 마주친 네임드 몬스터 전부 사령술로 부활한 언데드?

'언데드 같진 않았는데.'

저들을 쓰러트리고 보스 방에 진입하면 비밀이 풀릴 것이다.

"하양아."

교오-

성장하며 눈치가 빨라진 하양이가 작은 목소리로 대답했다.

"얼려."

교오!

하양이의 전신에서 극빙의 한기가 휘몰아쳤다.

4명의 중간 보스가 우리가 있는 곳으로 고개를 돌렸다. 텅 빈 눈두덩에 노란 안광이 타오르고 있다.

[아이스 돔]

새하얀 냉기가 놈들의 중심부에서 발생했다.

모리슨이 손을 뻗어 냉기를 쥐려 했다.

쩌저적!

놈의 깡마른 팔이 얼어붙으며 이전보다 더 커진 얼음의 구체가 그들을 가두었다.

교오!

하양이가 신난다는 듯 만세를 했다. 내가 성장하며 녀석의 힘까지 덩달아 오른 것이다.

"잘했어!"

하양이의 푹신한 머리를 거칠게 문질러 주고 역소환시켰다. 이제부턴 내가 나설 차례다.

밑으로 뛰어내려 가볍게 착지했다.

놈들이 힘을 주고 있는지 얼음 구체에 그럴듯한 균열이 번지고 있었다.

그 전에 네놈들의 눈부터 빼앗아 주마.

[검은 태양의 파편]

타오르는 검은 파편을 갈라진 얼음의 틈새에 집어넣었다. 동시에 검은 불길이 치솟으며 구체를 통째로 박살 내 버렸다.

4명의 중간 보스가 아무것도 하지 못하고 파편의 힘에 휩쓸렸다.

[빛의 파동]

그다음은 언데드들에게 가장 치명적인 빛의 힘이다.

안타깝게도 중간 보스들은 상대를 잘못 만났다. 빛과 어둠을 모두 다루는 내게 언데드만큼 손쉬운 상대는 없다.

충격파가 발생하자 가뜩이나 볼품없는 미라들이 바닥에 처박혔다. 맷집은 대단한지 그만한 공격을 받고도 멀쩡하게 일어서려고 한다.

"응, 못 일어서!"

가장 근처에 있는 오벵의 어깨를 발로 짓밟았다. 리히트 블레이드 위로 뇌전의 신격을 둘러 입 안에 박아 넣었다.

콰르르릉!

번개가 사방으로 뻗치며 천둥소리가 요란하게 뒤따랐다.

그때 카트리나가 내 팔을 붙잡았다. 뿌리치려 했지만 앙상한 팔에서 나온 괴력이 나를 저 멀리 날려 버렸다.

쿵!

"큭!"

반대편 벽에 박힌 나는 낮게 침음을 흘렸다.

내가 무방비해지자 중간 보스들이 휘적휘적 다가왔다.

그들은 던전에 들어와 만난 몬스터들처럼 특별한 공격은 하지 않았다. 평범하게 팔을 휘두르고, 다리를 휘둘렀다.

그 정도로도 목숨을 위협할 정도로 강력했다.

'이거 함부로 막지도 못하겠는데?'

날아오는 주먹을 피했다.

주먹이 벽에 박히자 쾅! 하고 포탄 터지는 소리가 들렸다. 뒤를 돌아보자 큼지막한 흔적이 벽에 새겨져 있었다.

몸뚱이는 몇 년은 굶은 것처럼 생겼는데, 어디서 이런 괴력이 나오는지 모르겠다.

"그러니까 언데드겠지!"

빛의 검으로 한 놈의 가슴을 베었다.

상성상 우위를 점하고 있어서 정말 다행이었다.

끄르륵……

공격당한 아리아제가 거품 무는 소리를 내더니 천천히 고개를 들었다. 노란 안광이 한 차례 일렁였다.

((일어나라.))

그녀의 입에서 쇠를 긁는 듯한 목소리가 튀어나왔다.

불쾌감에 눈살을 찌푸리는 것도 잠시,

"이런……"

바닥에서 뼈만 남은 팔들이 하나둘 튀어나오기 시작했다.

"네크로맨서였어?"

그뿐만이 아니었다.

((타올라라!))

이번엔 카트리나였다.

거센 불길이 허공에 피어오르며 나를 숯덩이로 만들기 위해 머리 위로 떨어져 내린다.

모리슨은 오러로 만들어진 검을.

오벵은 꼼짝도 못하게 만들 염동력을.

"큭!"

놈들의 강력한 공세가 내 전신을 휩쓸었다.

줄어들어 가는 HP 게이지를 보며 한숨을 내쉬었다.

어지간하면 보스 방에서 쓰려고 아껴 뒀는데, 방법이 없다.

"캔슬."

숨어 있던 쿠루쿠루가 뼈밖에 없는 두 손을 펼쳤다. 모든 공격이 거짓말처럼 사라졌다.

아껴 둔 걸 쓰게 만들었으니 지금부턴 아주 혹독하게 괴롭혀 줄 것이다.

"각오해라, 이 미라 새끼들아."

내 몸에서 빛이 폭발했다.

제40장

깨어난 자

광전사가 죽지 않아!

밖이 시끄럽다.

요란스럽다.

오랜 잠을 더 이어 가고 싶지만, 시끄러운 소음이 잠을 자꾸 방해한다.

하는 수 없이 눈을 떴다.

자리에서 일어나 꽉 막혀 있는 벽을 본다.

잠들기 전과 같은 모습.

그러나 쿵쿵! 하고 울리는 시끄러운 진동 소리는 듣기 불쾌하다.

팔을 들었다.

오랜만에 사용하는 힘이라 그런지 막힌 것처럼 흘러나오지

깨어난 자 • 63

않는다.

 짜증 났다.

 예전엔 원하는 대로 운용할 수 있는 힘이었는데.

 오래된 수면이 나를 약하게 만든 건가.

 그럴지도 모르겠다.

 하지만 상관없다. 이 정도 힘으로도 충분하다.

 벽으로 걸어갔다. 밖은 여전히 쿵쿵 시끄럽다.

 아마도 꽤 강한 자가, 내 손에 죽어 간 용사들의 시체와 싸우고 있는 모양.

 그들을 타락시켜 문지기로 전락시키길 잘했다.

 그렇지 않았다면 내가 자고 있는 틈을 타 죽이려 했겠지.

 역시 난 영리해.

 그럼 이제 밖으로 나가 볼까?

 오랜만에 세상 구경이다.

 벽에 손을 짚고 이렇게……

"흡!"

 점멸로 목을 노리는 검기를 피했다.

 사령술로 되살아난 해골들이 괴로운 비명을 지르며 내게 달라붙는다.

크레이지 모션으로 놈들을 날려 버리고, 아리아제를 향해 달려들었다.

가장 귀찮은 것부터 처리해야 한다.

그때 왼쪽 볼이 후끈 달아올랐다.

오른발을 바닥에 딛고 오른쪽으로 몸을 밀어냈다. 불꽃 화살이 아슬아슬하게 볼을 스쳤다.

몸을 한 바퀴 회전해 균형을 잡았다.

눈앞에 돌덩이들이 날아든다.

쉴 시간도 없이 육각 방패로 돌덩이들을 막았다.

악마의 방패 진화판 스킬, 암막(暗膜)을 펼쳤다.

그 위로 불덩이와 모리슨의 검이 떨어졌다.

"크윽!"

죽기 전에 뭐 하는 작자들이었는지 모르겠지만 놈들의 공격이 매끄럽게 연계된다.

하나를 막으면 두 개가 예리하게 날아들고, 두 개를 막으면 세 개가 목 끝까지 도달한다.

땅을 박차 왼쪽으로 피신했다.

해골들이 다리나 허리 등을 붙잡았지만 신성력을 터트려 모조리 날려 버렸다.

속성상 압도적인 우위인데도 쉽게 쓰러트릴 수가 없다.

카트리나가 손을 번쩍 들었다.

주변의 기온이 소폭 상승하며, 그녀의 깡마른 손바닥 위로 불길이 모이기 시작했다.

아리아제는 합장한 채 알 수 없는 언어를 읊조린다.

모리슨과 오벵은 그들의 시간을 벌어 주겠다는 듯 매섭게 쇄도해 온다.

'초월기를 써야 하나?'

모순점이 진화한 지금, 파천무쌍패는 이전과 차원이 다른 위력을 발휘할 것이다.

그러나 보스가 남아 있는 상태에서 함부로 사용할 수 없었다.

절기도 마찬가지였다.

"……."

나는 몰려오는 적들을 보며 일순 침묵했다.

그런데… 내가 언제부터 이렇게 스킬에 집착했더라?

초기에 광전사가 된 목적은 다 어디로 가고, 지금의 나는 강적들을 상대로 스킬에만 목을 매고 있다.

물론 그 편이 더 강력하긴 할 것이다. 광마전사의 스킬은 하나같이 굉장한 위력을 자랑했으니까.

그래서 더 안일해졌나.

"이론상 무적."

깨달음은 갑작스레 찾아온다 하던가.

아니, 알고 있던 사실을 다시 되짚었을 뿐이다.

단순히 요즘 상대했던 적들이 그 정도로 감당할 수 없는 괴물들이었을 뿐.

저 정도 적들이라면 충분히.

"가능해."

모리슨의 검기가 내 목을 노리고 들어온다.

눈 한 번 깜빡이지 않고 검의 궤적을 관찰했다.

검을 들어 충분히 막을 수 있지만, 그렇게 되면 오벵의 염동력에 취약해진다.

마력으로 왼손을 감쌌다. 그리고 검기를 쥐었다.

콰지지직-!

두 개의 힘이 충돌하자 눈부신 스파크가 튀었다.

마력을 둘렀다지만 검기는 오러를 벼려 만든 칼날이다.

손아귀가 찢어져 간다.

개의치 않고 완력으로 검기를 뒤로 당겼다.

내가 이렇게 나올 줄 몰랐는지 모리슨의 신형은 허무할 정도로 바닥에 엎어졌다.

끝장낼 수 있는 각도였지만 오벵이 염동력으로 돌덩이를 쏜 탓에 그러지 못했다.

검기를 놓고 돌덩이를 검으로 파괴했다.

[빛의 형벌]

검끝에 맺힌 강렬한 빛이 오벵을 향해 움직였다.

내가 빠르게 다가가자 오벵이 염동력으로 움직임을 틀어막으려 했다.

미리 예측하고 점멸로 자리를 벗어났다.

아슬아슬했지만 염동력을 피하는 데 성공했다.

빛의 형벌을 놈의 옆구리에 냅다 꽂았다. 빛이 폭발하며 나약한 미라의 몸뚱이가 바닥을 나뒹굴었다.

어느새 일어난 모리슨이 높이 뛰어올랐다.

검기가 수십 개의 구체로 나뉘더니, 탄환처럼 나를 향해 쏘아졌다.

피비빅-

살갗이 까이고, 피부가 뚫렸다.

아찔한 고통과 함께 HP가 줄어들기 시작했다.

가뜩이나 경시되는 생명의 효과를 받으려고 HP는 바닥을 친 상태였다.

"그래, 이럴 때를 위해 얻은 직업이었잖아."

오러가 뭉친 탄환이 어깨를 관통했다.

그리고⋯ 뚫림과 동시에 재생이 시작되었다.

상처를, 고통을 하나하나 느껴라.

절대 놓치지 말고, 한순간이라도 집중을 풀면 안 된다.

게임 속 고통은 참을 수 있다.

의식을 붙잡고 '재생의 빛'에 집중해라.

"그럼 나는 무적이다."

탄환의 빗속을 뚫고 모리슨을 향해 뛰었다.

되살아난 주제에 놀란 표정 짓지 말자고.

용암의 검이 빛과 불꽃으로 타오르며 모리슨의 가슴을 깊게 베었다.

((크억!))

얼굴을 붙잡고 턱 밑을 검으로 꿰었다.

콰드득거리는 소리와 함께 두개골을 뚫고 정수리 안쪽에서 칼날이 튀어나온다.

그 상태로 신성력과 뇌전의 신력을 동시에 일으켰다.

모리슨이 고통에 몸부림쳤다.

마른 가죽이 경련을 일으키며 덜덜 떨리는 게 보였다.

기묘한 광경이었지만 오래 보고 싶은 마음은 들지 않았다.

그대로 안면 쪽으로 검을 빼냈다. 예리한 칼날은 모리슨의 얼굴을 두 쪽 냈다.

탁-

바닥에 착지하고 뒤를 돌아보았다.

남은 것은 이제 셋.

오벵의 손이 녹색 빛으로 물들어 있다.

아리아제의 발밑에선 새까만 연기가 뭉실뭉실 피어오르고 있다.

카트리나의 손바닥 위에선 작은 태양이 노란빛을 번쩍이며 타오르고 있다.

"빌어먹을 새끼들."

염동력으로 압축된 공기가 대기를 부술 기세로 날아온다.

공기다 보니 형체가 보이지 않아 광안을 사용했다.

호랑이 정도로 큰 새까만 구체가 눈에 들어왔다.

동시에 카트리나가 만든 소태양이 천장을 녹이며 머리 위로 떨어졌다.

아리아제도 다 완성시켰는지 괴상망측한 흑기사를 내게 보내왔다.

일촉즉발.

쿠루쿠루의 캔슬을 사용할 수 없는 지금, 놈들의 총공세는 확실히……

라고 생각할 때였다.

쾅-!

보스 방을 가로막고 있는 벽이 무너졌다.

그곳에서 터져 나온 거대한 기운이 압축된 거대 공기포를, 소태양을, 흑기사를 집어삼켰다.

3마리의 중간 보스가 허망하게 그곳을 돌아봤다.

4개의 팔, 관자놀이 위로 자라난 2개의 뿔, 두 눈과 이마에 세로로 갈라져 나온 또 다른 눈까지.

((오보…….))

((오보!))

((오보오오오!))

3마리의 중간 보스가 노란 안광을 불태우며, 벽을 뚫고 나타난 괴물에게 달려들었다.

갑작스러운 상황에 상황 파악을 못한 나는 가만히 지켜봤다.

오보라 불린 괴물이 중간 보스들을 쳐다본다.

놈의 머리 위에 이름과 레벨이 떠 있다.

[소란에 깨어난 자 오보] [195레벨] [BOSS]

오보가 그들을 향해 손을 뻗었다.

굵직하고 새카만 번개가 아리아제를 향해 쏘아졌다. 바닥을 할퀴며 벽으로 퍼져 나가는 번개 줄기가 요란하다.

오벵의 염동력이 번개를 막으려 했지만.

((꺄아아아악!))

날 선 비명을 지르며 아리아제의 신형이 거짓말처럼 사라졌다.

검은 번개는 곧바로 방향을 선회했다.

다음 목표는 오벵.

카트리나가 그를 돕기 위해 화염을 흩뿌렸지만 번개에 흠집조차 내지 못한다.

오벵이 허무하게 번개에 휩쓸렸다.

죽음을 직감한 카트리나가 본분을 잊고 도망치기 시작했다.

[멸뢰]

검은 번개가 거짓말처럼 사라졌다. 그리고 정확히 카트리나가 있는 지점에 소환되었다.

콰릉!

짧고 굵은 천둥소리가 장내에 울려 퍼진다.

※ ※ ※

나는 순식간에 벌어진 광경을 보다 인상을 찌푸렸다.

"이 개새끼… 내 경험치를!"

무려 3마리나 되는 중간 보스를 뺏어 먹다니!

"한 마리당 경험치가 얼만지 알기나 하냐, 이 무식한 놈아!"

쾌속하게 오보를 향해 돌진했다.

제 놈이 더 챙겨 줄 것도 아니면서 감히 내 먹이를 빼앗다니!

상도덕도 이런 상도덕이 없다.

용암의 검을 매섭게 휘둘렀다.

오보가 흐릿한 눈으로 나를 보다가 검은 번개를 일으켰다.

((오보는 강하다.))

세 중간 보스를 일거에 소멸시킨 번개가 번쩍! 빛났다.

그러나 번개를 다룰 수 있는 건 놈뿐만이 아니다.

뇌전의 신격을 일으켰다.

몸을 타고 흐르는 황금의 뇌전이 검은 번개와 충돌했다.

위력은 검은 번개 쪽이 월등했지만, 자석의 원리를 이용해 검은 번개를 다른 방향으로 유도했다.

콰가가가강-!

오보의 눈이 처음으로 커졌다.

[리히트 블레이드]

날카로운 빛의 검이 칼날을 감싼다.

전신에서 빛이 폭발적으로 솟구쳤다.

공간 전체가 백색으로 물든다.

오보가 검은 번개를 일으켜 백색 공간을 깨부수기 시작했다.

무식한 힘이었지만 시간은 충분하다.

2차 전직을 하면서 가장 마지막에 획득한 스킬.

그 힘이 검끝에서 발현되었다.

[발할라의 검]

리히트 블레이드가 성난 것처럼 폭주한다.

무너지는 백색 공간이 한 점으로 응축했다. 그 위로 뇌전의 신격을 덧씌웠다.

검은 번개를 두른 오보의 주먹이 대기를 무너트리며 질주해 온다.

나는 멈추지 않고 놈의 주먹을 깨부술 작정으로 검을 휘둘렀다.

쿵-!

두 힘이 충돌했다.

흑백이 뒤섞이며 서 있는 바닥을 붕괴시켰다.

깨져 나가는 중심 속에서 똑바로 오보를 쳐다봤다.

3개의 팔이 폭풍처럼 내 전신을 강타했다.

암막을 펼쳐 막아 내긴 했지만 모리슨의 검기와는 비교조차 할 수 없다.

암막이 깨지며 주먹 하나가 왼쪽 가슴에 꽂혔다.

쿨럭! 피가 한 움큼 토해졌지만, 나 역시 손을 뻗었다.

손가락엔 익숙하지 않은 반지가 끼워져 있다. 아직 한 번도 사용해 본 적 없지만, 전설 등급의 반지였다.

'이것도 참 신기한 우연이네.'

이 반지를 얻은 곳이 천공섬이었다.

시험을 끝내고 나온 나를 기다리고 있던 '세토'를 쓰러트리고 얻은 전리품.

'이럴 때 도움이 되네.'

[투과]

몸에 꽂힌 주먹이 나를 그대로 통과한다.

심플해 보이는 능력이지만 그만큼 막강하다.

고작해야 3초밖에 유지되지 않지만 그 정도로 충분했다.

투과란 말 그대로 무적 상태로 만들어 주는 힘.

재사용 대기 시간이 2시간이나 되지만, 한 번의 사용으로 충분히 위기를 기회로 만들 수 있다.

나는 놈의 뒤로 이동했다.

놈의 나머지 팔이 나를 노리고 움직였지만 투과 때문에 붙잡지 못했다.

거리를 벌렸다.

투과 효과가 사라졌다.

[염제의 가호]

5개의 불 화 자가 허공에 떠올랐다.

"후! 순간 화나서 그냥 들이댔다가 진짜 큰일 날 뻔했네."

그만큼 경험치 손실이 컸다는 증거다.

지금도 오보 녀석이 중간 보스들을 해치운 게 마음에 들지 않았다.

검을 빗겨 들었다.

((인간, 제법 한다.))

"몬스터에게 인정받는 건 또 오랜만이네."

((그러니까 죽인다, 인간!))

"너한테 딱 맞는 녀석을 하나 알고 있지."

검은 번개를 두르고, 신속하게 달려오는 오보를 향해 나는 목걸이를 내밀었다.

"소환."

아드레올.

목걸이에서 검은 기운이 뿜어져 나왔다.

동시에 새카만 갑옷으로 전신을 두른 기사가 오보를 향

해 일검을 쏘았다.

오보의 주먹과 검이 충돌했다.

밀린 건 오보였다.

아드레올이 웃음기 있는 목소리로 말했다.

((강해졌군, 주인.))

"유지 시간도 꽤 길어진 것 같지? 오랜만에 재미 좀 봐 봐."

((크하하!))

아드레올이 광소를 터트리며 오보를 공격했다.

무거워 보이는 몸체와 달리 그의 움직임은 신속했다.

놈과 싸웠던 때를 떠올렸다.

200레벨의 괴물은 처음엔 둔중한 움직임만 보이다가, 처음부터 연기였다는 듯 신속하고 파괴력 있는 공격으로 나를 압박했다.

"저놈도 사이코야."

비록 그때보다 약해졌다지만 아드레올은 오보에게 밀리지 않았다.

2차 전직을 하며 녀석을 다룰 수 있는 시간도 길어졌다. 여유 시간은 충분하다.

[빛과 어둠의 충돌]

혼자서 오보와 싸웠다면 시전 시간이 조금 긴 절기는 사용하지 못했을 것이다.

흘러나온 빛과 어둠이 서로를 잠식하기 위해 비집고 또

비집는다.

오보가 가진 4개의 주먹이 아드레올의 몸을 연신 두드렸다.

((한계다!))

"수고했어."

검은 번개가 아드레올의 두터운 중갑을 파괴하기 직전, 역소환시켰다.

번개는 애먼 허공을 질주해 내벽을 파괴했다.

오보의 시선이 내게 닿았다. 눈을 마주 보며 히죽 웃어주었다.

"숨도 못 쉬게 해 줄게."

거대한 폭발이 오보의 가슴 한복판에서 발현되었다.

╬ ╬ ╬

넓지 않은 공간이었기에 폭발의 후폭풍은 나한테까지 영향을 끼쳤다.

위력 대비 폭발 효과가 확실히 크다. 배보다 배꼽이 더 큰 것처럼 보일 수 있겠지만 효과가 큰 만큼 적을 더 혼란스럽게 만들 수 있다.

폭연 속에서 3개의 안광이 번쩍인다.

하나 안광은 불규칙하게 흔들릴 뿐 제대로 움직이지 못

했다. 놈도 멀쩡하진 않다는 증거다.

이런 때를 놓치면 안 된다.

[광섬:계핵]

수 줄기의 굵직한 빛의 섬유가 폭연을 가르고 오보를 후려쳤다.

쾅! 오보의 신형이 뒤로 날아가 처박혔다.

점멸로 놈에게 다가가 흑점:소드 블랙홀로 가슴을 찔렀다. 강력한 인력이 공간째 비틀어 오보를 구속했다.

빛의 형벌과 악 처단을 동시에 사용했다. 덤으로 뇌전의 신격까지 써서 놈의 세 번째 눈을 찔렀다.

((욕심이다.))

콰득-

오보의 팔 하나가 칼날을 붙잡았다.

마그마 블레이드로 칼날에 열기를 더했다. 치익, 오보의 손에서 허연 연기가 피어오르며 타는 냄새가 코를 찔렀다.

오보는 검을 놓을 생각 없이 그대로 자신 쪽으로 당겼다.

크레이지 모션과 검은 태양의 파편을 동시에 사용했다. 순간 MP에 부담이 갔지만 발생한 충격파는 놈을 좀 더 바닥에 박아 넣었고, 나는 반동으로 반대편으로 날아갔다.

무기를 고쳐 쥐고 다시 오보에게 달려들 준비를 했다.

그때 뭔가가 내 왼쪽 발목을 붙잡았다. 오보의 손이었다.

오보를 보자 놈의 세 번째 눈이 불길하게 빛나고 있었다.

((오보는 공간을 지배한다.))

우득-

단순 악력으로 발목뼈가 으스러졌다.

허공에서 주먹 2개가 튀어나왔다. 팔을 교차시켜 막았지만 HP는 바닥까지 떨어졌다.

['경시되는 생명'의 효과로 공격력이 250퍼센트 증가합니다!]

HP가 5퍼센트 밑으로 떨어졌다.

급히 재생의 빛으로 회복했지만 또 다른 주먹이 복근을 두드리며 갈비뼈 위로 솟구쳤다.

콱콱! 갈비뼈 몇 대가 그대로 부러졌다. 순간적으로 숨을 쉴 수가 없었다.

눈살을 찌푸리며 오보를 보았다. 녀석은 살짝 비틀거렸지만 금방 중심을 잡았다.

((오보는 강하다.))

오보가 땅을 박찼다.

포탄 터지는 소리와 함께 놈의 신형이 쏜살같이 내게 향했다.

검으로 발목을 붙잡은 손을 꿰뚫었다. 리히트 블레이드로 강화시켰는데도 완전히 잘라 내지 못했다. 다행히 힘이 풀렸는지 발목은 자유를 되찾았다.

재생의 빛으로 발목을 재생시키고 점멸로 거리를 벌렸다.

((못 도망친다.))

눈이 부릅떠졌다.

알 수 없는 기운이 나를 덮쳐 온다. 다급히 반전 세계로 몸을 숨겼다.

오보가 고개를 이리저리 돌리며 나를 찾는다.

공간을 지배한다기에 반전 세계까지 눈치채면 어쩌나 가슴이 떨렸다.

'무식한 자식.'

검은 번개만 사용하는 줄 알았는데, 놈은 철저하게 무투파였다. 덕분에 어떻게 상대해야 할지 확실히 깨달았다.

놈과 나는 확실한 상극이다.

방법을 안 이상 굳이 질질 끌 필요는 없을 터. 반전 세계에서 빠져나왔다.

((세계의 뒷면에 숨었던가?))

"공간을 지배한다면서? 조금 실망스러운데?"

((실망스럽지 않게 해 주겠다.))

코앞 5센티미터 부근에서 구멍 하나가 뚫렸다. 그걸 보자마자 본능에 가깝게 몸을 뒤로 젖혔다.

오보의 커다란 주먹이 구멍에서 튀어나왔다.

쇄애액!

주먹이 콧잔등을 스치고 지나갔다. 코피가 터졌다.

튕기듯 다시 허리를 바로 세웠다.

나는 놀란 눈으로 뒤로 몇 걸음 물러났다.

검은 그림자가 머리 위를 가득 채운다.

((오보는 공간을 뛰어넘는다.))

오보가 굵은 다리를 마치 채찍처럼 휘둘렀다.

스치기만 해도 머리가 축구공이 될 것만 같다. 하지만 내게 닿는 일은 없었다.

나는 오보가 뱉은 말에 짧게 대꾸해 주었다.

"미투."

휘익!

다리가 빈 허공을 가로지르자 매서운 바람 소리가 이어졌다.

오보가 눈살을 찌푸렸다. 그의 시선이 뒤를 향했다.

"공간을 뛰어넘는 건 내 쪽이 더 뛰어난 것 같은데?"

((놈!))

허공에서 급히 자세를 고치려 하지만 쉽지 않다.

오보는 한 번 더 공간 도약을 준비했다. 몇 초밖에 안 되는 짧은 시간이지만 우리 정도 되는 실력자들에게 몇 초란 몇 시간과 큰 차이가 없다.

[파천무쌍패 Ver. MP and SP]

[99퍼센트]

가뜩이나 많은 MP와 SP를 소모한 상태라 순식간에 두 게이지가 바닥을 쳤다. 그럼에도 환하게 웃을 수 있었다.

"지금까지의 파천무쌍패와는 차원이 다를 거다."

칼날을 타고 흐르는 새파란 강기가 터지기 직전의 분화구처럼 격동한다.

오보가 검은 번개를 방출했다. 둥글게 퍼져 나오는 번개의 구체가 보호막처럼 놈을 가로막았다.

다급히 펼친 것치고 완성도가 제법이다. 그러나 그 정도로는 무르다.

검을 반시계 방향으로 크게 휘저었다. 불길처럼 푸른 강기가 반원을 그린다.

((오보는 이긴다!))

막을 수 없다는 걸 직감한 것인지 오보가 보호막을 공격 형태로 바꾸었다.

뇌기가 오보의 정면으로 집중됐다.

가장 높이까지 오른 검을 밑으로 낙하시켰다. 오보도 검은 번개를 최대 위력으로 발출했다.

두 힘이 충돌했고, 검은 번개는 허무할 정도로 파천무쌍패에게 쉽게 잡아먹혔다.

200레벨에 가까운 보스 몬스터의 공격조차 압도할 정도로 강력한 힘!

그것이 진화한 모순점을 이용해 사용한 초월급 스킬이었다. 괜히 초월급 초월급 노래를 부르는 것이 아니다.

콰가가각!

대지가 뒤집어지며 잔해의 파도가 무너진 벽을 넘어 쏟아져 내렸다.

MP 포션을 연달아 들이켰다.

빈 병들이 바닥에 떨어지자 허약하게 깨져 나갔다.

나는 유리 파편을 짓밟고 오보가 파묻힌 곳으로 다가갔다.

"아직 한 발 남았어, 인마."

투두둑-

흙무더기에서 팔 하나가 튀어나왔다. 상처투성이였지만 탄탄한 근육은 멀쩡해 보였다.

튀어나온 팔이 바닥을 짚고 파묻힌 몸을 끌어당겼다.

오보의 오른쪽 뿔이 잘려 나갔다. 팔 하나는 어디 갔는지 사라졌고, 왼쪽 옆구리는 파 먹힌 것처럼 뜯겨져 있었다.

((오보가 위험했다.))

오보는 그리 말하며 똑바로 섰다. 지금껏 상대한 적 중 가장 터프하다.

((오보, 전력을 다하겠다.))

"지금까진 놀았다는 말이냐?"

((오보는 세 번째 눈을 쓴다.))

그 말이 끝나기가 무섭게 놈의 이마에 박힌 눈동자가 불길한 기운을 분사했다.

등 뒤로 뭔가가 지켜보는 것 같은 기분이 든다. 고개를 획 돌려 봤지만 아무것도 없었다.

((삼안(三眼)을 사용한 이상 오보는 적을 반드시 말살한다.))

공간에 변화가 일어났다.

나는 헛웃음을 삼켰다.

과연 천공섬에서 가장 난이도 높은 세 던전 중 한 곳의 보스답다.

'아드레올이나 타락한 반신보단 못하지만.'

저 녀석도 그에 준하는 괴물이다. 그렇기에 더 기대되었다.

"넌 내게 뭘 줄 거냐?"

허공이 새까맣게 물들며 거대한 눈동자가 천장에서 나타났다.

오보의 덩치가 순식간에 불어난다. 잘려 나간 뿔과 팔이 원상태로 돌아갔고, 모든 상처가 재생되었다.

그렇다고 놈의 HP가 원상태로 돌아가는 것은 아니었다.

이 공간을 보고 깨달았다.

"이 정도 도핑이라면."

조금 실망이다.

[패격 엑스칼]

광휘로 만들어진 성검이 오보의 심장에 박혔다. 거의 남지 않은 HP가 사라진다.

검은 공간과 거대한 눈이 천천히 소멸해 간다.
오보는 허무한 눈으로 나를 보았다.
((졌… 다.))
원래 크기로 돌아온 오보는 그렇게 쓰러졌다.

☦ ☦ ☦

 이전보다 커진 '울트론'의 길드 본부는 과거의 영광을 어느 정도 되찾았다. '마그마 드레이크 레이드'를 성공적으로 공략한 덕분이었다.
 전처럼 억지로 길드원을 영입할 필요가 없어졌다. 많은 유저들이 '울트론'을 원했고, 그중엔 고수의 반열에 오른 유저들도 있었다.
 본부가 커진 건 어찌 보면 당연한 현상이었다.
 회의장 역시 넓어졌다.
 상석에 앉은 메제스가 자리에 모인 간부들을 보았다. 기존의 간부들도 있었고, 새로 추가된 간부들도 있었다.
 기쁨에 웃음이라도 나와야 할 자리였다.
 그러나,
 "'조커'의 잔당들이 모습을 감춘 지 벌써 일주일이 지났다. 하루가 멀다 하고 소란을 일으키던 놈들이 과연 어디로 갔을까?"

알딘이 '조커'의 잔당들을 쓰러트리고 벌써 일주일이란 시간이 흘렀다. 놈들은 메제스의 말처럼 감쪽같이 사라졌다.

악적들이 사라진 건 좋아해야 할 일이지만, 한창 주가를 올리고 있던 버그 플레이어들이었다. 분명 무슨 짓을 꾸미고 있으리라.

그 생각이 머리에까지 닿자 불안감은 걷잡을 수 없을 정도로 커졌다.

메제스가 간부 회의를 소집한 것도 그 이유에서였다.

호야는 찻잔을 들여다보며 말했다.

"놈들도 이번에 크게 당했으니 재정비를 하는 게 아닐까요?"

"버그 플레이어들이 정비할 게 뭐가 있겠어?"

"…그것도 그렇네요."

핵 프로그램이 심어진 검을 쥐고 있는 이상 운영진에게도 들키지 않는 놈들이다.

알딘에게 당하면서 검을 드롭한 거라면 모를까, 그런 것도 아니었다.

"이런 회의가 의미가 있겠습니까?"

새로 간부가 된 호페이가 날카롭게 지적했다.

"차라리 길드의 문을 굳건히 걸어 잠그고, 언제 나타날지 모를 버그 플레이어들에 대한 방비를 단단히 하는 게

앞날을 위해서도 좋을 것 같습니다."

"음······. 그것도 그렇지."

호페이의 말에 상당수가 호응했다.

메제스도 그와 같은 생각이었다. 하지만 알 수 없는 답답함과 불안함은 이런 회의라도 진행해야 조금 진정될 것 같았다.

마치 뱀 한 마리가 몸을 타고 기어오르는 것 같다.

메제스는 찝찝한 얼굴로 말했다.

"그럼 호페이의 말대로 주제를 바꿔서 회의를 해 보자고. 방비와 더불어 척후병을 조직할까 싶네만. 아무리 보이지 않는다고 해도 손 놓고 볼 수만은 없잖은가."

"그건 저도 동의합니다."

"저도 동의합니다. 그 부분은 제가 도맡아도 괜찮겠습니까?"

손을 든 것은 가슴까지 내려오는 웨이브 머리를 한 여인이었다.

제법 미인 축에 속하는 그녀는 호페이와 함께 새로이 간부가 된 세희였다.

세검으로 한국 서버에서 이름을 떨친 유저로 최근에 2차 전직까지 마쳤다.

그녀라면 믿고 맡길 수 있다.

"좋네. 그럼 수비에 대해서······."

메제스가 다음 용건을 꺼내려고 할 때였다.

"길드장님! 그, 그게……. 허억… 허억……. 노, 놈들이……. 놈들이……."

벌컥, 문이 열리며 청루가 들어왔다.

그녀는 말을 하려 했지만 숨이 가쁜 탓에 말을 잇지 못했다.

"진정하게."

보다 못한 메제스가 그녀에게 숨을 고를 시간을 주었다.

차분하게 숨을 고른 청루가 막 가져온 긴급 정보를 모두에게 얘기했다.

"버그 플레이어들이 다시 나타났어요! 지금 안데르센에 터를 잡은 길드 '파순'과 전투를 벌이고 있답니다."

"'파순'?"

'파순'은 한때 '조커'의 밑에 들러붙어 있던 중형 길드였다.

그러나 '조커'의 가세가 기울 기미가 보이자 바로 버리고 독립했다.

때문에 쥐새끼라든가 이완용 등의 별명을 얻긴 했지만 길드가 망하는 일은 없었다.

"복수인가."

자신들을 배신했던 길드를 처벌하는 것으로 활동의 신호탄을 쏜 것이다.

공교롭단 생각이 들었다. 자신들이 두려움에 회의를 진행하는 날 놈들이 다시 나타나다니.

"지원군을 보낼까요?"

"당장 동맹 길드들에게 연락을 돌리겠습니다."

"일단… 일단 상황을 지켜본다. 호야는 동맹 길드들에게 연락을 돌리고."

"네."

호야가 회의실 밖으로 나갔다.

메제스는 자신에게 꽂힌 시선들을 마주 보았다.

그때 또 한 번 문이 벌컥 열렸다. 첩보를 담당하고 있는 길드원이었다.

"무슨 일이지?"

"나타났습니다……."

"뭐가?"

"욜론이… 새로운 검을 들고 나타났습니다!"

새로운 검!

그가 말하는 검이 무엇인지 이곳에 있는 사람들은 모두 알고 있었다.

"새롭다는 것은……?"

호페이가 말끝을 흐리며 묻는다.

길드원은 자기도 모르겠다는 듯 고개를 저었다.

"모르겠습니다. 한 가지 추측할 수 있는 건… 놈이 사용하는 버그가 업그레이드된 게 아닌가 하는 겁니다. 그게 아니라면 새로운 종류의 버그라거나……."

아마도 추측이 아니라 진짜일 것이다. 기존의 버그 그대로라면 굳이 바꿀 이유가 없을 테니까.

메제스는 그 얘기를 들으며 한 사내를 떠올렸다.

'넌 지금 뭘 하고 있나?'

마지막으로 연락한 게 일주일 전. 과연 알딘은 지금쯤 어디를 모험하고 있을까?

메제스가 창밖을 보았다.

구름 한 점 없는 맑은 하늘 아래 격전이 펼쳐지려 하고 있었다.

제41장

벌레들

광전사가 죽지 않아!

 천공섬에서 일주일이 흘렀다. 그동안 퀘스트 클리어를 위해 던전 3개를 모두 공략하고, 추가적으로 기억 속에 남은 던전 몇 군데를 더 공략했다.
 레벨은 160이 되었고, 칭호 2개, 유니크 등급 아이템 3개를 득템했다.
 '강철 묘소'라는 던전에서 펫 한 마리를 얻을 기회도 있었는데, 마지막 한 마리는 생각해 둔 녀석이 있어서 방생시켰다.
 "흐흐!"
 하지만 위에 나열한 것들보다 훨씬 기분 좋은 소식이 있었다. 바로 랭킹이었다!

"드디어 진입했다."

생각했던 것보다 훨씬 오래 걸리긴 했지만 드디어 톱 100에 진입했다.

예정했던 것보다 늦긴 했지만 불가항력적으로 시간을 잡아먹는 일들이 너무 많이 있었다. 만약 그런 시간들을 모두 사냥에 투자했다면 톱 10에 들지 않았을까 싶다.

"사실 랭킹은 이제 무의미하긴 하지만."

레벨로 묶어 두기엔 내가 너무 강해졌다.

지금이라면 제로스와도 대등한 일전을 벌일 수 있지 않을까?

놈이 듣는다면 코웃음을 치겠지만 막상 검을 맞대 보면 생각이 많이 달라질 것이다.

놈의 당황한 얼굴을 떠올리니 히죽 웃음이 나왔다. 그러나 웃음은 오래가지 않았다.

나는 차갑게 가라앉은 눈으로 허공을 바라보았다.

아까 전, 가이덴에게 연락이 왔다.

그가 했던 말을 곱씹으며 짧게 한숨을 내쉬었다.

'무기가 바뀌었다고 했어.'

욜론의 것만 바뀌었다. 조직에서 그에게 프로토 타입의 다음 버전을 넘긴 것이다.

아직 그들도 제대로 된 개발을 하지 못했을 텐데 넘겼다는 건 실험해 볼 속셈인 듯 보였다.

귀찮기도 하고, 굳이 내가 아니어도 나설 사람들이 많아 신경 쓰지 않으려고 했다.

'안 되겠어.'

거슬려도 너무 거슬린다. 특히 일주일 동안 잠잠했다는 사실이 더 그렇게 만들었다.

순간 이동 아이템이 있으니 오가는 건 그리 어렵지 않다. 아깝긴 하지만 '해충 박멸'을 할 수만 있다면 충분히 감수할 수 있었다.

내가 나서는 것으로 조직에게 얼마나 큰 타격을 줄 수 있을지는 모른다.

다만 전생을 생각하면 놈들은 분명 무리하고 있었다. 몇 년이란 시간을 단축시킨 거니까.

덤으로 아멜로스의 꼬리를 잡을 수도 있다.

'퀘스트 클리어부터 하러 가자고.'

나는 아르카딘의 오두막으로 향했다.

다행히 아르카딘은 오두막에서 일각견과 놀아 주고 있었다.

"다녀왔습니다."

"성공했군."

아르카딘의 눈에 이채가 스쳤다. 한눈에 내가 퀘스트를 성공했다는 걸 알아챈 것이다.

고개를 끄덕여 주자 그가 사람 좋은 미소를 지어 보였다.

"길게 끌 필요는 없겠지. 팔을 주게."

그의 요구에 오른팔을 내밀었다.

아르카딘이 내 팔뚝을 붙잡고 알 수 없는 언어로 주문을 외기 시작했다.

지렁이 같은 문자들이 춤을 추듯 허공을 날아오르더니 팔찌처럼 손목을 휘감았다. 문자들이 파랗게 번쩍였고, 거짓말처럼 팔목 안으로 스며들었다.

[띠링! '아르카딘의 시험' 퀘스트를 클리어하셨습니다!]

[경험치를 획득합니다.]

[보상으로 '아르카딘의 증표'를 획득했습니다.]

['아르카딘의 증표'는 영구적으로 유지되며, 하이든 산맥을 넘어갈 때 마주하는 절대적인 존재에게서 당신을 지켜 줄 것입니다.]

"조심하게."

알림음이 끝나기가 무섭게 아르카딘이 무표정한 얼굴로 경고했다.

"티켓을 알고 왔으니 산맥 너머에 무엇이 있는지도 대충 알고 있겠지."

"그렇습니다."

"내 증표가 있다 한들 그의 심기를 거스르면 결국 죽을 것이야."

"명심하겠습니다."

내 대답이 만족스러웠는지 아르카딘이 허허 웃었다.

그는 나를 뒤로하고 일각견의 머리를 쓰다듬었다.

그의 등을 향해 고개를 숙이고 그곳을 벗어났다.

✣ ✣ ✣

'일단 드립니다만, 아직 완벽하지 않습니다. 만약 당신이 죽기라도 했다간 겁을 드롭할 수도 있으니 절대 조심하십시오.'

욜론은 자신에게 '검'을 건넨 사내가 했던 경고를 떠올렸다.

이전에 사용하던 투박한 검과는 달리 어느 정도 격식을 갖춘 새로운 검.

조직에서 본격적으로 개발에 착수하여 제작한 퍼스트 타입의 핵이었다.

아직 완성된 단계가 아니었지만 핵이 보유한 버그들은 프로토 타입과 비교할 수 없었다.

거기다 추가적으로 프로토 타입을 몇 자루 더 지급해 준 덕에 세력이 더 커졌다.

그때 간부 하이디가 그에게 질문했다.

"그런데 진짜 이러고 있어도 됩니까?"

현재 그들은 길드 하나를 쑥대밭으로 만들고 그곳에 가

만히 있는 중이었다.

곧 운영진이 나타날 텐데도 율론은 여유가 넘쳤다. 하이디를 비롯한 간부들은 그의 여유를 이해할 수 없었다.

이미 핵의 분석을 끝냈다고 발표한 메탈리즘사였다. 다행히 숨겨 버린 코드 번호까지 추적할 수 있는 방법을 찾은 건 아니지만, 그렇다고 마주해도 된다는 건 아니었다.

"마주치는 순간 저희 끝장나는 거 아닙니까?"

"걱정 마라. 이게 있는 이상 운영진은 아무것도 하지 못해."

대체 무슨 자신감인지 모르겠지만 그들로서는 율론에게 거역할 수 없었다.

그와 마찬가지로 조직과 계약한 그들이었다. 자신들의 신원을 조직이 보호하고 있기 때문에 배신 자체가 용납될 수 없는 상황이다.

하이디는 매우 찝찝한 얼굴로 하늘을 올려다봤다. 그러다 문득 한 가지 의문이 들었다.

'그런데 조직은 대체 이런 핵을 어떻게 개발한 거지?'

좋은 내학은 아니지만 나름 보안 관련 학부를 졸업한 하이디였다.

홀리 가디언의 메인 AI는 단연코 세계 최고였다.

아무리 실력 좋은 해커들이 모인다고 과연 이만한 핵을 제작할 수 있을까?

심지어 아바타에 새겨진 고유 코드 번호까지 숨길 수 있는 능력을 가지고 있다.

이건 홀리 가디언의 시스템을 알고 있지 않는 한 불가능한 일이었다.

'진짜 내부자가? 에이······.'

설마 하는 생각이 들었지만 말도 안 되는 얘기다.

홀리 가디언의 개발자들은 하나같이 억 소리 나는 연봉을 받고 있을 텐데, 뭐가 아쉬워서 이런 쓸모없는 짓을 벌인단 말인가.

그럴 리 없다고 생각하면서 다시 하늘을 올려다봤다.

"어."

하늘이 새하얀 빛으로 물든다.

하이디는 당황한 얼굴로 욜론을 보았다.

욜론의 입꼬리가 위로 길게 올라간다.

"왔다."

"대, 대장?"

저 현상은 분명 운영자가 등장할 때 나오는 빛이었다.

듣기로 조직 측에서 절대 위험한 짓은 하지 말라고 했을 텐데? 설마 진짜 운영자와 한판 붙어 보겠다, 이 말인가?

하이디는 도저히 이해가 되지 않았다. 다른 사람들도 마찬가지였다.

그들은 불안한 눈으로 욜론을 쳐다보았다.

그 시선을 무시하며 욜론이 자리에서 일어섰다.

빛이 사그라지며 운영자가 나타났다.

"드디어 찾았군요. 당신들 때문에 정말 많이 고생했습니다. 여기서 그만 모든 걸 끝내시죠, 버그 플레이어 여러분. 도망칠 생각은 하지 마시고요."

운영자가 손가락을 튕기자 반경 500미터쯤 되는 결계가 공간 전체를 틀어막았다.

"당신들이 사용하는 버그를 분석해 제작한 결계입니다. 그 검으로도 뚫지 못할 테니 허튼 반항은 하지 마십시오."

바닥에 착지한 운영자가 손을 들어 올렸다. 하얀빛이 손가락 끝에 맺히더니 픽- 꺼지듯 사라졌다. 그리고 한 버그 플레이어의 등 뒤에서 나타나 그대로 집어삼켰다.

옆에 있던 동료가 검으로 집어삼킨 빛을 내려쳤으나 검이 통하지 않았다.

"어, 어떻게 된 거야?"

"빌어먹을……. 대장! 어떻게 합니까!"

운영자가 빛 몇 개를 더 만들어 버그 플레이어들을 하나하나 구속하기 시작했다.

한때 유저들을 유린했던 버그 플레이어들이 속수무책으로 당했다.

설마 버그 자체를 막는 프로그램까지 개발했을 줄은 몰랐다.

생각해 보면 홀리 가디언의 개발자들은 희대의 천재들이다. 이런 말도 안 되는 가상의 세계를 창조해 내지 않았던가.

하이디는 알 수 없는 전율과 공포를 느끼며 운영자를 보았다.

어느새 남은 건 그를 비롯해 3명뿐.

운영자의 손가락이 하이디에게 향했다. 마치 절대적인 신이 그에게 죽음을 선고하는 것 같다.

"내, 내가 뭐 때문에……."

"이제 됐다, 됐어."

"…네?"

욜론이 자리에서 일어났다.

심각한 상황이 발생했는데도 그는 여유가 넘치다 못해 흐르고 있었다. 이 사람이 대체 왜 이러나 싶었다.

설마 한 단계 업그레이드된 핵 프로그램을 믿고 이러는 건가?

'시발……. 내가 대체 무슨 짓을 한 거야?'

갑자기 후회가 물밀듯 밀려 들어왔다.

처음 계약서를 작성했을 때가 떠오른다.

그땐 무서웠지만 '조커'에 가담했단 이유로 인생이 참담해졌다. 지푸라기라도 잡아야 했고, 버그 플레이어가 되고 말았다.

상당히 재미있었다. 버그로 유저들을 희롱하고, 패악을 저질러도 저지하는 이 하나 없었다.

심지어 그 끔직한 '군단'조차 버그 앞에 한없이 작아져 최강이라도 된 것 같은 착각이 들었다.

'그래 봐야 일개 플레이어잖아.'

앞에 버그라는 수식어가 붙을 뿐, 결국 홀리 가디언이란 세계에 속한 작은 존재일 뿐이다.

지금 생각해 보면 시간문제였다. 운영자는 이 세계의 관리자고, 아무리 버그로 몸을 숨긴다 한들 결국 들켰겠지. 멍청한 대장 때문에 그 시기가 빨라졌을 뿐이다.

'그럼 난 어떻게 되는 거지? 계약은…….'

순간 계약서의 내용이 머릿속에서 선명하게 떠올랐다.

자세히 기억은 안 나지만 분명 자신에게 유리한 조항은 거의 없었다.

특히 검을 분실하거나 뒤를 밟혔을 때는…….

머릿속이 새하얘진다.

내가 현재 있는 곳은 어디지?

'조직에서 마련해 준 기처.'

현기증이 일었다.

하이디가 비틀거리자 욜론이 미친 사람 같은 얼굴로 말했다.

"걱정하지 마. 네가 생각하는 일은 벌어지지 않을 거야."

"…대장."

"나머지도 마찬가지야. 잘 보고 있어. 운영자는 죽으면 과연 어떻게 될까요?"

하이디는 그제야 욜론의 모습을 보다 정확히 볼 수 있었다.

눈에 풀려 있다.

원래부터 갑질에 목말라 있고, 시도 때도 없이 부하들을 괴롭힌 그였지만 지금의 모습은 마치…….

"마약… 하셨어요?"

"글쎄?"

"조, 조직에서 마약을 준 겁니까?"

"흐히히!"

웃음소리가 경박하게 변해 간다.

조직은 처음부터 이런 상황을 노렸던 건지도 모르겠다. 욜론의 계약은 자신들과 다르다고 알고 있었다.

하이디가 욜론을 말리려는 순간 그의 신형이 운영자를 향해 튀어 나갔다.

허공에 카드가 만들어지며 운영자를 향해 쏘아졌다.

운영자가 고개를 젓더니 욜론에게 빛을 사용했다.

공간을 뛰어넘은 빛이 욜론을 집어삼킨다.

하이디는 모든 게 끝났다고 생각하고 바닥에 주저앉았다.

그리고,

"크하하하하!"

빛이 갈라지며 욜론이 튀어나왔다.

불길한 어둠이 모든 카드를 적셨다.

운영자가 크게 당황하며 다시 빛을 사용했지만 카드들이 한 번 휘젓자 거짓말처럼 사라졌다.

"어, 어떻게?"

"흐히히히! 이럴 줄 알았어, 이럴 줄!"

"자, 잠깐!"

카드 한 장이 운영자의 목을 스쳤다.

핏물이 튀었다. 상처는 다행히 깊지 않았다.

운영자가 다른 방법을 사용하려고 힘을 끌어 올렸다.

"어?"

꽉 막힌 것처럼 아무것도 흘러나오지 않는다.

"운영자는 버그에서 자유로울 줄 알았어?"

프로토 타입이었다면 아무런 영향을 끼치지 못했을 것이다. 그에 대한 백신을 아바타에 완벽하게 주입해 놓은 상태였으니까.

그러나 업그레이드 버전인 퍼스트 타입에 대한 백신은 전혀 없었다.

'제기랄!'

운영자, 윈체스터가 눈살을 찌푸렸다.

설마 버그 플레이어한테 이런 치욕을 당할 줄은 꿈에도 생각하지 못했다.

욜론이 광기 어린 얼굴로 손을 흔든다.

"바이바이~"

윈체스터가 눈을 질끈 감았다.

"…는 개뿔이! 이 벌레 새끼가!"

그 순간 운영자와 욜론의 틈으로 누군가 나타났다.

약에 취해 있던 욜론의 눈이 잠깐 동안 말똥하게 돌아왔다.

"너, 너어어어어!"

"이제 두 번째 만남인가?"

푸욱!

알딘이 비릿한 미소를 지으며 욜론의 목에 검을 꽂아 넣었다.

✜ ✜ ✜

욜론과 그 잔당이 한곳에 머물고 있다는 소식을 받았다.

이유는 알 수 없지만 굳이 자신들을 잡아 달라는데 가만히 있을 필요는 없었다.

다행히 '원하는 곳으로 보내 줍니다!'에 기록된 지역이었다.

벌레들 • 105

바로 그곳으로 이동하자 저 멀리 반투명한 돔 형태의 결계가 펼쳐져 있었다.

운영자가 내려온 모양이었다.

그러나 업그레이드된 핵이라면 운영자에게도 지독한 독이 된다.

전생에도 몇 번이나 버그 플레이어에게 운영자가 당했던 사례가 있었다.

결계 앞까지 이동한 나는 결계를 뚫어 보려 했지만 역부족이었다.

애당초 유저를 억제하기 위한 결계다.

일개 플레이어 따위가 운영자가 만든 것을 파훼하는 건 불가능했다.

버그를 쓴다면 모를까.

파지직-!

결계를 타고 불길한 스파크가 튀었다.

호랑이도 제 말 하면 온다고, 결계가 빠르게 해체되기 시작했다.

운영자에게 나쁜 일이 벌어진 게 분명하다.

'당하는 것만큼은 막아야 해.'

좁은 숲길을 지나자 넓은 공터가 나타났다.

그곳에 운영자와 욜론이 보였다.

욜론은 맛이 간 얼굴로 운영자를 향해 뛰어오른 상태였

다. 운영자는 버그에 당했는지 아무런 저항도 못하고 있었다.

나와 그들의 거리는 대략 300미터 정도.

전력으로 주파한다면 5초 안에 도달할 수 있지만, 그 전에 운영자가 당할 것 같다.

생각할 것도 없이 점멸을 사용했다.

아직 업그레이드된 점멸을 최고 거리까지 사용해 본 적 없었다.

'죽지만 않게 하면 돼.'

공격 자체는 평범하니, 몇 대 맞아도 버티는 건 가능할 것이다.

몸이 흐릿해지며 공간이 통째로 바뀌었다.

정신을 차리고 앞을 보았다. 운영자의 등이 멀지 않은 곳에 있다.

제법 먼 거리를 한 방에 이동했다. 충분히 놀랄 만한 상황이었지만 그럴 여유가 없었다.

운영자가 뒤로 물러나며 공격을 간신히 피했다.

두 사람 간에 약간의 공백이 만들어졌다.

욜론이 '바이바이~' 인사를 하며 손을 든 순간.

"는 개뿔이! 이 벌레 새끼가!"

그곳으로 파고들었다.

욜론과 눈이 마주쳤다. 그가 경악에 찬 얼굴로 비명 지르

듯 소리쳤다.

"너, 너어어어어!"

"이제 두 번째 만남인가?"

검을 바짝 쥐고 놈의 목을 향해 찔렀다.

방심한 욜론은 공격에 제대로 된 반응을 하지 못했다.

푸욱-!

검이 살갗을 파고드는 느낌이 손가락 끝에 자극적으로 전해진다.

그대로 놈의 가슴 안으로 파고들었다.

카드 몇 장이 내게 날아왔지만, 공격과 동시에 전개한 암막을 뚫지 못했다.

버그는 아바타에 닿았을 때 효과를 발휘하지, 스킬 자체를 뚫진 못한다.

마력을 왼 주먹에 집중시켰다.

욜론이 목에 박힌 검을 뽑아내려 했지만 검을 휘젓는 것으로 무력화시켰다.

"벌레 새끼! 그냥 조용히 지내지 그랬어. 응?"

주먹이 놈의 왼쪽 옆구리에 꽂혔다. 우득! 갈비뼈 몇 대가 박살 나는 소리가 진득하게 울렸다.

검을 꽂아 넣은 상태로 아래쪽으로 당겼다.

오른발을 살짝 내딛고, 왼쪽 무릎으로 놈의 광대뼈를 함몰시켰다.

머리카락을 우악스럽게 붙잡은 다음 바닥에 내팽개쳤다.

검을 뽑아내고, 뇌전의 신격으로 두 눈을 찔렀다.

"끄아아악!"

그다음 검을 쥔 손을 그대로 베어 냈다.

눈을 없앴다지만 안타깝게도 게임이다 보니 시력을 완전히 뺏는 건 불가능하다.

욜론이 추하게 바닥을 기어 다시 검을 집으려고 한다.

나머지 팔도 베어 버렸다.

'끄악!' 등의 비명이 들렸지만, 무시하고 등을 위로 향하게 만들었다.

검을 역수로 쥐고 등에 꽂아 넣었다.

활대처럼 놈의 몸이 뒤로 꺾였다.

그때를 놓치지 않고 목을 팔로 휘감았다.

팔에 힘을 주고 위로 당겼다. 우드득- 목뼈와 척추가 박살 난다.

목을 놓자 시체가 된 것처럼 그대로 축 늘어졌다.

등에 박아 넣은 검을 뽑아내고 숨을 내뱉었다.

"후! 레벨 차이가 크면 버그를 써도 이렇게 되는 거야."

아무리 업그레이드된 핵을 가졌다 해도 욜론은 2차 전직조차 못한 애송이였다.

어쩌면 140레벨도 못 찍었을 가능성이 높았다.

버그에 당하지만 않는다면, 설사 당한다고 해도 일대일이라면 쉽게 제압할 자신이 있었다.

 운영자를 보았다. 그는 입을 살짝 벌린 채 나를 보고 있었다.

 "로그아웃시키진 않았습니다. 빨리 다른 운영자한테 지원 요청 하세요. 해충 박멸 해야죠."

 "아, 아, 예! 잠시만."

 운영자는 다급하게 어딘가로 연락을 걸었다.

 뒤쪽을 보았다.

 욜론의 부하로 보이는 자들이 두려운 얼굴로 이곳을 보고 있다.

 놈들이 쥐고 있는 검을 확인해 보니 버그 플레이어가 확실했다.

 저들도 제압해야 한다.

 그들에게로 걸음을 옮겼다.

 "오, 오지 마!"

 "도망, 도망치자!"

 4명의 버그 플레이어가 반대편으로 달아난다.

 그들은 계속해서 뒤를 돌아보며 다리를 움직였다.

 두 명은 크게 당황했는지 검까지 바닥에 내팽개친 상태였다.

 "모두 다 붙잡는 건 어렵겠······."

내 말은 끝을 맺지 못했다.

쿠구궁-!

하늘이 빛나며 반투명한 원기둥이 그들 위로 떨어졌다.

버그 플레이어들은 원통 안에서 벽을 두드리며, 뭐라 뭐라 소리쳤지만 목소리는 들리지 않았다.

빛이 사라지며 새하얀 로브를 걸친 운영자가 나타났다.

연락을 받고 급히 지원 온 운영자였다.

그는 땅으로 내려와 원통을 압축시켰다. 보고도 믿기지 않을 정도로 순식간에 벌어진 일이었다.

"늦지 않아 다행이야."

뒤에서 운영자가 안도한 목소리로 중얼거렸다.

내가 돌아보자 그가 어색하게 웃으며 자리에서 일어났다.

"하하! 이거 상황이 참 이상하지만, 반갑습니다. 운영자 윈체스터입니다."

"알딘입니다."

"아까 이자가 말해서 알고 있습니다. 정말 놀랐습니다. 설마 당신이 이곳에 나타날 줄은 꿈에도 몰랐거든요. 알딘 님이 아니셨다면 정말 큰일 났을 겁니다. 고개 숙여 감사드립니다."

윈체스터가 허리를 90도로 꺾어 감사를 보냈다.

"아닙니다. 해야 할 일을 한 것뿐입니다."

"알딘 님 덕에 골치 아픈 문제가 해결된 거나 다름없습니다. 추후 메탈리즘사에서 공식적으로 보상이 내려올 겁니다. 부담 갖지 마시고 받아 주시길."

공짜를 싫어할 사람은 없다.

특히나 메탈리즘사에서 주는 거라면 두 팔 벌려 환영이었다.

그때 또 다른 운영자가 근처까지 다가왔다.

윈체스터가 그에게 나를 소개해 주었다.

"알딘 님이시다. 이분 덕에 큰 문제로 번지지 않을 수 있었다."

"허! 알딘 님이라면, 제가 아는 그 알딘 님이 맞으십니까?"

"하하! 그 정도로 대단한 사람은 아니구요."

"아, 제 소개가 늦었습니다. 운영자 페어입니다. 만나 뵙게 되어 영광입니다."

페어가 로브에 쓱쓱 문지른 손을 내밀었다.

그의 손을 붙잡았다.

"알딘입니다."

가볍게 악수를 나누고 두 운영자에게 물었다.

"이제 이들을 어쩌실 생각입니까?"

"아바타를 따로 구속시키고, 코드 번호를 어떻게 말소시켰는지 알아낼 예정입니다. 또⋯ 새로운 핵 프로그램을 분석해 봐야겠죠. 어디서 접속했는지 역추적도 해야 할 테고. 할 게 참 많지만, 그게 저희들의 일이니 믿고 맡겨 주십시오."

"수많은 플레이어들을 위해 고생 부탁드립니다."

"아닙니다. 조만간 연락이 갈 테니 기다려 주시길. 그리고 다시 한 번 감사드립니다."

윈체스터가 짧게 고개를 숙이고, 이상한 빛으로 욜론과 다른 버그 플레이어들을 지워 버렸다.

아마 자체적으로 제작된 아공간으로 보낸 것일 터다.

그들은 내게 인사하고 사라졌다.

"음."

혼자 남게 된 나는 어색하게 주변을 둘러보았다.

당찬 포부까진 아니더라도, 아멜로스의 꼬리 정도는 밟아 볼 생각이었다.

"이게 다야?"

욜론을 붙잡은 건 분명 컸지만, 그건 내 입장에서 당연했기에 별다른 감흥은 없었다.

왠지 허무하다고 해야 하나.

그래, 싱겁다.

정말 재미없을 정도로 싱겁게 모든 사태가 종결되었다.

운영진 손에 핵이 내장된 검이 들어간 순간, 조직은 아마 상상도 못할 타격을 입을 것이다.

다음 버전을 만들기까지 고개를 빼꼼 내밀지조차 못하리라.

"그만 가자."

여기서 더 시간을 낭비할 필요는 없겠지.

메제스에게 통신을 걸었다.

아무래도 놈과 악연이 깊은 사람 중 한 명이니, 이 소식을 알려 줄 생각이었다.

(무슨 일인가?)

"다 끝났어."

뜬금없는 나의 말에 잠깐 머뭇거린다.

(…뭐가 다 끝났다는 거지?)

"욜론이랑 그 잔당 모두 운영자한테 붙잡혔어."

(…진짜?)

"내 손으로 조졌으니까 확실해. 넌 알아야 할 것 같아서 연락했다. 이제 걱정하지 말고, 할 거 해. 길드 덩치 더 불려야 하지 않겠어? 으쌰으쌰."

(…허허.)

메제스가 허탈하게 웃었다.

그 기분을 어느 정도 공감할 수 있었다.

짧은 대화를 더 나누고, 통신을 끊었다.

'1차 버그 플레이어 사태'는 그렇게 막을 내렸다.

✠ ✠ ✠

 많은 인원이 다급하게 움직이고 있다.

 수많은 서류 뭉치들을 품에 안고 상자에 집어넣는다. 책상 위에 올려진 모든 것을 자루에 쏟아 담았다.

 복잡하기 짝이 없는 복도.

 시끄럽게 울려 퍼지는 발소리들.

 입구에 선 남자는 다크서클 깊은 눈으로 그 광경을 지켜보고 있었다.

 "벌레 같은 녀석들."

 그의 목소리에 귀를 기울이는 사람은 한 명도 없었다.

 모두가 바빴고, 작은 목소리를 듣기에 주위가 너무 소란스러웠다.

 남자는 복도를 가로질렀다.

 많은 사람이 왔다 갔다 하는 탓에 복잡했지만, 그가 지나가자 모두가 길을 텄다.

 그는 복도 끝에 위치한 방문을 열었다.

 중년인이 까칠한 수염을 문지르며 신문을 보고 있다.

 신문의 헤드라인에는 '메탈리즘사, 버그 플레이어 토벌!'이라 적혀 있었다.

 "왔나?"

 중년인이 신문을 반으로 접고 남자를 맞이했다.

벌레들 • 115

남자가 고개를 까딱이는 수준으로 숙이고, 맞은편 의자에 앉았다.

"그들은 어쨌지?"

중년인이 담배를 입에 물며 묻는다.

남자는 무신경한 어조로 대답했다.

"시멘트 발랐습니다."

"흐허허! 남자답구만."

"남자다우려면 찔렀겠죠. 아, 물론 찌른 다음에 바르긴 했습니다만."

"그래야지, 암."

두 사람 간에 오가는 대화는 전혀 평범하지 않았다. 오히려 섬뜩했고, 무서웠다.

그러나 그들은 일상 대화를 나누듯 잔혹한 얘기를 이어갔다.

"욜론이랬던가? 그러니까 약을 왜 먹였나? 내가 누누이 얘기했잖나. 홀리 가디언은 유저의 뇌파와 직접적으로 연결하는 시스템이라 약을 하게 되면 그대로 전이된다고."

"모두 실험의 일종 아니겠습니까."

"실험은 개뿔. '개발자' 중 한 명인 내가 이렇게 있는데. 그 멍청한 실험 때문에 괜히 피해가 커지기만 했잖나."

개발자!

중년인의 입에서 나온 세 글자는 분명 충격적인 발언이

었다.

홀리 가디언의 개발자는 상당히 많다.

당연했다.

가상 세계란 것은 아주 많은 것들로 구성되어 있다.

수많은 분야의 전문가들이 모였고, 그 수가 대략 천여 명에 육박했다.

그러나 모든 개발자들이 핵심까지 다루는 건 아니었다.

5명의 마이스터.

그들이 홀리 가디언의 개발을 총괄하고, 지휘했다.

하지만 그중 셋을 제외하고, 두 사람은 홀리 가디언의 일부 소유권만 확보한 채 자취를 감췄다.

중년인, 최장필은 그중 하나였다.

"그거 아는가?"

"뭘 말입니까."

"메탈리즘사는 참 엿 같은 회사야."

"……."

"내가 그렇게 고생고생해서 떼돈을 벌게 해 줬는데, 우리를 그렇게 팽하다니. 솔직히 그 세 놈은 왜 회사에 남았는지 이해가 안 간단 말이지. 혹시 나 몰래 뒷돈을 챙겼나?"

"핵 프로그램을 개발하는 이유가 설마 그들에게 복수하기 위해섭니까?"

남자가 한쪽 눈을 찡그리며 단도직입적으로 물었다. 최장필이 무심한 눈으로 담배를 쭉 빨았다.

후우- 하얀 연기가 남자의 얼굴을 덮었다. 기침을 할 법한데도 남자는 변화 없는 얼굴로 최장필을 노려봤다.

그 눈이 마음에 들지 않았지만, 싫거나 한 건 아니었다.

최장필이 씩 웃었다.

"설마."

"그럼 뭐 때문에 우리에게 협조하는 겁니까?"

"돈."

"돈?"

"그래. 홀리 가디언은 돈이 되니까. 핵을 이용한다면 좀 더 수월하게 돈을 벌 수 있겠지. 알잖나. 골드가 현금가로 어느 정도의 가치를 가졌는지."

노골적인 최장필의 말에 남자가 처음으로 웃었다.

그가 자리에서 일어났다.

"그만 가 보겠습니다."

"배웅은 안 나가겠네."

"이곳은 빨리 처리하십시오. 느긋하게 신문 볼 시간은 없으십니다."

"쯧쯧! 자네들이 벌레 새끼들을 이상하게 이용해서 이렇게 된 거 아닌가?"

"흠흠."

남자는 고개를 꾸벅 숙이고 밖으로 나갔다.

홀로 남은 최장필은 담배를 하나 더 물었다.

그는 창밖을 보며 연기를 뱉어 냈다.

"귀찮게 됐군. 시간이 더 걸리겠어. 한심한 것들. 그래도 버그가 제대로 통한다는 건 확인했으니, 충분히 소득은 있는 건가?"

지금쯤 조직 내부에서 심각한 회의가 진행되고 있을 것이다.

최장필은 여유로웠지만, 조직은 아니었으니까.

이번 일로 그들은 엄청난 타격을 입었다.

그러니까 사람도 잘 골라서 써먹어야 된다는 말이 있는 것이다.

최장필이 새로운 핵 프로그램을 개발하지 않는 이상 그들은 한동안 아무것도 하지 못한다.

여유롭게 뒷짐을 진 그는 유유히 방을 빠져나왔다.

제42장

시간은 흐르고

광전사가 죽지 않아!

 버그 플레이어들을 소탕하고 다시 하이든 산맥으로 돌아왔다. 한동안 버그 플레이어들 때문에 소동이 일어나는 일은 없을 것이다.

 코르도스 산 정상에 선 나는 산맥 저편을 보았다.

 가파른 내리막 너머 펼쳐진 웅장하기까지 한 대수림의 모습은 가히 압도적이었다. 그리고 그 너머에 펼쳐진 새파란 바다는 끝없이 펼쳐진 수평선을 자랑했다.

 저건 눈속임이다. 사실 수평선은 존재하지 않는다. 모두 환상에 불과하며, 자격을 얻은 자만이 진실된 장소에 도달할 수 있다.

 유저들 사이에선 '진짜 북부'라 불리며, 실제 명칭은 소

시간은 흐르고 • 123

대륙 '아틀란티스'. 신화와 고대 그 사이에 존재했던 강대한 문명이 파묻혀 있는 미지의 땅이다.

물론 그곳에도 사람이 살고, 나라가 존재한다. 몇몇 국가는 본 대륙과 교류하기도 했다.

숨을 가볍게 들이마셨다.

이곳까지는 어느 정도 레벨이 오른 유저라면 무난하게 도달할 수 있는 곳이다.

하지만 이 너머는 아니다. 시작부터 등장하는 몬스터들은 하나같이 200레벨을 넘으며, 본 대륙에서 볼 수 없던 괴물들이 득실거린다.

만약 광마전사의 힘이 이 정도가 아니었다면 나도 도전하지 않았을 것이다.

"갈 수 있어."

비록 초입에서 그치겠지만 아틀란티스는 내 주 무대였다. 정확히는 아틀란티스에 존재하는 제국 '옥스타르'에 내가 주인으로 있던 '흑룡'의 본거지가 위치해 있었다.

옛 생각에 살짝 씁쓸해졌지만 회귀한 이상 과거의 실수는 저지르지 않는다.

"가 보자."

정상에서 뛰어내렸다.

대수림에서 불어온 바람에 몸이 둥실 뜨는 것 같은 부유감이 느껴졌다.

그 상태로 밑을 살폈다.

생각보다 멀지 않은 곳에 뭉툭하게 튀어나온 돌부리가 보인다.

그곳으로 점멸을 사용했다. 부유감이 거짓말처럼 사라지며 돌부리에 안착했다.

위를 올려다보니 정상은 어느샌가 멀어져 있었다.

갈색 모래로 뒤덮인 내리막을 미끄럼틀 타듯이 내려갔다. 휘몰아치는 바람에 눈을 뜨기 힘들어 고글처럼 마력을 둘렀다.

탁!

관성을 이용해 한 번 더 도약한다. 순식간에 10미터가 넘어가는 상공에 떠올랐다.

펄럭!

그리고 알 수 없는 날갯짓 소리가 귓가를 파고들었다.

공간이 일그러지며 알 수 없는 기현상이 발생했다. 주변 마력이 들끓으며, 공포에 젖은 것처럼 대기가 흔들리기 시작했다.

공중에 떠오른 나는 아무것도 없는 허공을 밟고 있었다.

그 순간이었다. 세상이 암전되듯 껌껌해졌다.

펄럭!

아까완 확연히 다른 날개 짓는 소리가 들렸다.

위에서부터 떨어져 내리는 풍압에 이를 악물었다.

-너는 누구냐.

음성이 아니다. 머릿속으로 직접 말을 건 것이다.

풍압으로 꺾인 고개를 힘겹게 들어 올렸다.

가장 먼저 눈에 들어온 것은 새까만 비늘이었다. 빛조차 반사되지 않는 비늘은 마치 심연을 들여다보는 것 같았다.

지금 수준에서 느끼자니 확실히 버거울 정도의 강력함이다. 무릎을 꿇지 않기 위해 온 정신을 집중하는데도 다리가 점점 풀린다. 전성기 시절에도 식은땀을 흘리게 만든 존재감이니, 이 정도면 양호한 편이었다.

-누구냐고 물었다.

처음은 무심했다면 지금은 약간 화가 난 것 같은 목소리였다. 여기서 무시하면 진짜 골로 간다.

입 벌리는 것조차 벅찼지만 억지로 말문을 텄다.

"전… 알딘이라고 합니다."

그럭저럭 버벅거리지 않고 잘 말했다.

후와아악!

그때 예상하지 못한 돌풍이 휘몰아쳤다. 마력을 최대치로 일으켜 저항했지만 지금 수준으로는 몸을 고정시키는 것조차 불가능했다.

순식간에 수십 미터를 날아가 처박혔다.

쾅!

무거운 뭔가가 땅에 내려앉았다. 그로 인해 발생한 여진에 몸이 부르르 떨렸다.

검은 그림자가 좌우로 넓게 펼쳐졌다.

일어서려고 했던 나는 다시 바닥에 몸을 누였다.

쿠우우우우!

그 위로 방금의 돌풍과는 비교할 수 없는 광풍이 휘몰아쳤다.

고작 땅에 내려선 것뿐인데 믿을 수 없는 후폭풍이었다. 그때나 지금이나 변하지 않는 괴물이다.

광풍이 지나가고 난 후에야 일어날 수 있었다.

목소리가 다시 들려왔다.

-한없이 나약한 벌레로구나.

정면으로 고개를 들었다.

어둠 속에서 새빨갛게 빛나는 2개의 눈동자와 마주쳤다. 호러 게임을 하는 것도 아니고, 뒷목이 섬뜩해지는 걸 느꼈다. 잘못하면 담까지 올 기세다.

나는 솟구치는 공포심을 억지로 눌렀다.

세상에서 귀신이나 공포 영화를 가장 싫어하긴 하지만 명백히 따지자면 저 존재는 그런 게 아니었다.

사람은 커다란 것을 보면 공포심을 느낀다고 했던가.

-벌레야, 이곳은 왜 왔지?

붉은 눈이 흥미 어린 시선으로 나를 본다.

후우, 짧게 숨을 내쉬었다.

"저 너머로 가기 위해 왔습니다."

―……뭐라?

눈에서 불똥이 튀는 것 같다.

거대한 '마룡'이 나를 향해 기다란 목을 쭉 뻗는다.

악취에 속하는 알 수 없는 냄새가 코끝을 자극했다. 나는 이 냄새를 '죽음의 향'이라고 불렀다. 죽음의 향은 듬성듬성 자라 있는 잡초들을 문자 그대로 죽였다.

시간이 가속한 듯 썩어 문드러지는 잡초들을 보며 마른침을 삼켰다.

―내가 누군지 아느냐?

"예."

―알면서도 그따위 말을 지껄이는가!

드래곤들이 가진 고유의 용마력이 폭발하듯 터져 나왔다.

지상의 생명체 중 단연 독보적인 힘을 가진 최강의 종족 드래곤. 눈앞의 마룡은 그중에서도 손에 꼽히는 사악한 드래곤이었다.

그가 뿜어내는 용마력은 창왕이 뿜어내던 기세를 떠올리게 만들었다.

더 두려운 것은 이 힘이 고작 일부에 불과하다는 것.

지상 최강 종족이자 그 성정이 잔혹하며 마룡으로 취급되는 드래곤 아크렐리온이 두려울 정도로 날카로운 이를 드러냈다. 하나하나가 송곳 저리 가라 할 정도로 뾰족하다. 스치는 것만으로 지금의 나는 즉사할 것이다.

"이걸 봐주십시오."

나는 중압감을 억지로 견디며 손목을 내밀었다. 아무것도 없던 손목에 푸른빛이 흐르더니 알 수 없는 문자들이 새겨지기 시작했다.

아크렐리온의 눈이 날카로워졌다.

-아르카딘…….

"이걸 보여 주면 보내 주신다고 들었습니다."

-크크큭!

그가 소리 내어 웃었다.

코앞까지 다가왔던 머리가 제자리로 돌아갔다.

아크렐리온이 거대한 날개를 펼쳤다. 당연하게도 풍압을 버티지 못하고 주저앉다 못해 흙바닥에 몸이 파묻혔다.

어느새 아크렐리온은 저 높은 하늘까지 날아오른 상태였다. 그가 등장하며 내려앉은 어둠도 거짓말처럼 사라졌다.

-조용히 꺼져라.

그는 그 말만 남기고 사라졌다.

나는 그가 지나갔던 자리를 보았다. 마치 태풍이 한차례 지나간 것 같은 흔적만이 그곳에 자리하고 있었다.

✢ ✢ ✢

"크윽……."

통유리로 되어 있는 수조 안. 그곳에 머리통 하나가 침음을 흘리며 둥둥 떠 있었다. 너저분한 머리칼과 분노에 잠식된 두 눈엔 깊은 광기가 묻어 있었다.

머리통의 정체는 바로 키리코였다.

몇 달 전, 알딘과 아델하르트에게 죽을 뻔했던 그는 지금까지 이곳에 갇혀 회복 중에 있었다.

그때 문을 열고 누군가 들어왔다. 실오라기 하나 걸치지 않은 남성의 몸이었다. 문제는 몸에 머리가 달려 있지 않다는 것이었다.

"완성은 그럭저럭 됐습니다."

몸 뒤에서 50센티미터밖에 안 되어 보이는 난쟁이가 걸어 나왔다. 어울리지 않게 하얀 가운을 걸치고 있었는데, 난쟁이가 키리코에게 말했다.

"아, 그보다 소식 들으셨습니까?"

"무슨 소식 말이냐?"

난쟁이의 말에 키리코가 날 선 목소리로 대꾸했.

상관없다는 듯 난쟁이가 말했다.

"마왕의 힘을 이은 인간이 나타났습니다."

"…마왕의 힘을? 어떤 마왕이지?"

키리코를 후원하는 스폰서 중엔 마왕도 여럿 있었다. 그게 아니더라도 마계의 주인들 정도는 모두 숙지하고 있었다.

난쟁이가 준비된 몸뚱이를 점검하며 답했다.

"칠흑이래요."

"칠흑의 마왕의 힘을 이었단 말이야?"

"네. 근데 지금은 별 볼 일 없는 수준이래요."

그럴 것이다. 난쟁이가 얻어 온 정보는 대부분 최신의 것들이니까. 그러나 마왕의 힘을 이었다는 것만으로도 놀라기엔 충분했다.

특히나 칠흑의 마왕이라면 마계에서도 손꼽히는 최강자였다. 힘을 이었다는 것은 전폭적인 지원이 뒤따른다는 것인데, 얼마나 빠른 성장을 이룩할지 감이 오지 않는다.

"맞다. 모험가래요, 힘을 이은 인간이."

"뭐, 뭐라고?"

"모험가요, 모험가."

난쟁이는 대수롭지 않게 말했지만 충분히 대수로웠다.

모험가의 성장 속도는 인지를 초월했다고 표현해도 모자라지 않았다.

실제로 모험가들의 동태를 꾸준히 살피는 그였다. 자신을 이 꼴로 만든 모험가를 찾진 못했지만 데이터를 얻기엔 충분히 많은 모험가들이 존재한다.

모험가인데 마왕의 힘까지 얻었다?

"잘못하면 내 입지까지 잡아먹힐 수도 있겠군."

칠흑의 마왕이 스폰서가 아닌 게 아쉬울 따름이다.

"잠깐……. 내 굴레의 마왕과 칠흑의 마왕 간에 사이가 안 좋지 않았나?"

"엄청나게 나쁘죠. 얼마 전에도 소규모 충돌이 있었대요."

"빌어먹을!"

굴레의 마왕은 키리코를 후원하는 마왕 중에서도 독보적인 힘을 지닌 강자였다. 칠흑의 마왕과는 라이벌 관계로 서로를 못 잡아먹어 안달이 나 있었다.

"그 모험가와는 언제가 됐든 간에 한번 충돌하겠군. 젠장! 모험가란 새끼들 때문에 천하의 키리코가!"

아델하르트와 친분이 있어 보이는 모험가와 칠흑의 마왕의 힘을 이어 받은 모험가.

둘 다 성가시기 짝이 없다. 특히나 전자는 지금쯤 얼마나 더 강해졌을지 상상조차 가지 않았다.

'당시엔 내게 한참 못 미쳤지만, 지금은 어떻게 되어 있을지…….'

그때 사용할 수 있는 모든 걸 사용했어야 했다. 그랬다면 아델하르트에게 당할 일도 없었을 테고, 이런 신세로 전락하지도 않았을 것이다.

"늦지 않게 몸이 준비되어 정말 다행이군."

이전의 육체보다 훨씬 강력한 육체가 드디어 완성되었다. 난쟁이가 점검을 끝내면 바로 머리를 이식하면 된다. 그다음 스폰서들에게 뜯어낼 수 있는 모든 걸 뜯어낼 작정이었다.

"평범하게 사리사욕만 채우며 살아가려고 했는데, 네놈들이 나를 악마로 만들었다."

예정과는 다르지만 세 번째 메인 스트림의 전조가 지금부터 서서히 시작되고 있었다.

✠ ✠ ✠

"누가 내 얘기 하나?"

간지러운 귀를 새끼손가락으로 후볐다.

나는 현재 대수림 한복판에 서 있었다.

온갖 해괴한 몬스터가 튀어나오는 대수림이지만 나는 이곳에 출몰하는 몬스터를 전부 알고 있었다. 그리고 어떻게 상대해야 하는지도 알고 있었다.

예를 들어 지금 나를 향해 달려오고 있는 고릴라.

[스트롱 콩][208레벨]

이름처럼 엄청난 굵기의 팔과 괴력을 가지고 있다. 한 대 맞으면 아무리 나라도 뼈도 못 추리지만 상대법은 의외로 간단했다. 놈이 점프할 때를 노리는 것이다.

스트롱 콩은 뛴 상태에서 떨어지는 힘으로 상대를 공격하는 걸 좋아한다.

문제는 뛰는 순간부터 내려올 때까지 녀석이 무방비해진다는 점인데, 그때를 노리고 공격하면 무조건 치명타가 터진다.

당연히 처음 상대하는 사람은 그걸 간파하지 못해 굉장히 고생하지만 익숙해지면 이놈만큼 개꿀인 몬스터가 또 없다.

역시나 내 지척까지 도착한 스트롱 콩이 높이 뛰어올랐다.

나는 벼락처럼 검을 휘둘렀다.

만세를 한 놈의 가슴팍에서 피 분수가 솟구쳤다.

공격은 한 번으로 끝나지 않았다. 마력으로 팔과 검을 감싼 다음 쾌속하게 다섯 번의 칼질을 했다.

리히트 블레이드의 잔상이 허공에 새겨지며 스트롱 콩이 비명을 질렀다.

크어어어억!

"생각보다 피해가 크지 않네."

비명에 비해 초라할 정도로 스트롱 콩은 멀쩡했다.

스트롱 콩이 떨어지는 타이밍에 맞춰 몸을 옆으로 굴렸다.

쾅!

정면에서 난도질당했는데도 파괴력은 그대로였다.

역시나 공격이 제대로 들어가지 않았다. 그래도 가슴에 난 상처는 아픈지 울상을 지으며 벅벅 긁는다. 그러곤 화난 얼굴로 다시 내게 뛰어올랐다.

"예나 지금이나 지능은 그대로구나."

생각보다 맷집이 좋은 놈이지만 이 상태라면 몇 분 내로 쓰러트릴 수 있다. 그리고 그 생각은 정확히 들어맞았다.

끄러어억…….

스트롱 콩이 불타는 가슴을 부여잡고 먼지가 되어 사라졌다.

[레벨 업!]

동시에 레벨이 올랐다.

나는 만족스럽게 웃으며 놈이 드롭한 아이템들을 주웠다.

아직 갈 길이 멀다.

"좀 더 들어가 볼까?"

검을 고쳐 쥐며 다시 숲 안쪽으로 걸음을 옮겼다.

그렇게 시간은 쏜살같이 흐르기 시작했다.

✠ ✠ ✠

쉼 없이 벼락이 떨어지며, 엄청난 깊이의 구덩이가 곳곳에 있고, 5미터가 넘어가는 암석 거인이 걸어 다니는 땅. 그곳에 한 남자가 모습을 드러냈다.

새빨갛게 물든 머리와 그림자를 덧칠해 놓은 듯한 흑검이 인상적인 사내였다.

걸치고 있는 갑옷은 검과 대비되는 하얀색이었는데, 전투가 격렬했는지 곳곳이 파손되어 있었다.

사내는 끼고 있는 장갑을 벗었다. 검은색에 붉은 손등 보호대가 붙어 있는 장갑이었는데, 중앙에 파란 보석이 박혀 있었다.

장갑을 입에 문 사내는 손을 쥐었다 폈다 반복했다.

"후우……. 슬슬 이곳에서의 적응도 끝났군."

이 땅으로 넘어온 지 반년 정도가 흘렀다.

오늘은 홀리 가디언이 출시된 지 정확히 1년이 되는 시점. 많은 이벤트를 하고 있지만 사내에게는 별로 필요 없는 이벤트였다. 그것보다 이곳에서의 적응이 사내에겐 무엇보다 더 중요했다.

사내가 인벤토리에서 아이템 하나를 꺼냈다. 야구공 크기의 하트 모양 캡슐이었는데, 무려 캐쉬 아이템으로 가격은 만 원이었다.

"사용."

하트 캡슐이 절반으로 똑 부러졌다.

핑크색 에너지가 흘러나오며 사내의 전신을 휘감았다. 몸 안을 가득 채우는 충만함을 느끼며 피로도가 거짓말처럼 싹 가셨다.

[모든 피로가 회복되었습니다.]

고작 게임 속 피로를 회복하는 데 현금 만 원이 필요하다. 피로 회복제치고 많이 비싼 편이었다. 그만큼 효과가 좋지만 이곳이 게임 세상이란 걸 생각했을 때 상술은 상술이었다.

몸이 쌩쌩해진 사내는 다시 장갑을 끼고 몸을 풀기 시작했다.

낙뢰가 끊이지 않는 지형에서 머문 지 이제 보름. 지형에 완전히 적응했으니 더 이상 문제 될 건 없다.

"이곳은 항상 처음이 문제라니까."

사내, 알던이 히죽 웃으며 거인을 향해 돌진했다.

✤ ✤ ✤

커뮤니티에 게시글 하나가 올라왔다. 격주로 집계되는 랭킹 소식이었다.

한때는 격동이라 표현해도 좋을 순위 변동이 발생해 모

든 유저의 주목을 받았다. 그러나 안정기에 접어든 지금 시기엔 순위 변동이 적어 관심이 많이 사라진 상태였다.

하지만 한 유저의 폭등으로 인해 다시 한 번 랭킹 소식이 뜨겁게 달아올랐다.

〈오징어사다리:진짜 개돌았다리;;; 반년 전에 막 100위에 들지 않았나?〉

〈용용죽어버리기:솔까 네임드에 비해 랭킹이 이상하게 낮긴 했어. 난 지금도 저 랭킹이 낮다 생각한다. ㅇㅈ? ㅇㅇㅈ〉

ㄴㅇㅈ충:ㅇㅈ충 진짜 다 사라져야 함.

〈킹콩바나나:ㅋㅋ별것도 아니네. 저 정돈 개나 소나 다 찍지.〉

ㄴ아지매:개나 소만도 못한 색기.

ㄴㅉㅉ:나가 죽어, 그냥. 제발.

ㄴ붐:(신고된 글이라 확인할 수 없습니다.)

이번에도 많은 댓글이 달렸다. 순수하게 감탄하는 사람, 세상에 불만이 많아 비난하는 사람, 대놓고 열등감을 표현하는 사람, 아무 말이나 막 뱉는 사람 등.

댓글엔 정말 많은 사람들이 있었지만 그들은 공통적으로 해당 인물에 대한 찬사를 아끼지 않았다.

〈랭킹 1위-제로스

랭킹 2위-빠삐루스
랭킹 3위-스네이크
랭킹 4위-콘페이토〉

그리고,

〈랭킹 5위-알딘〉

 한때 길드 사냥꾼이란 이명으로 세계를 떠들썩하게 만들었으며, 지금은 엄청난 속도로 최상위 랭커가 된 한국인. 그는 바로 알딘이었다.
 게임 초기엔 한국 서버에도 최상위 랭커 프렌치가 있었지만 그는 알딘의 손에 몰락하고 거짓말처럼 사라졌다.
 그 이후로 꾸준히 톱 50에 드는 한국 유저들은 있었으나 10위 안에 진입하는 유저는 없었다. 길드 연합 '조커'의 횡포와 버그 플레이어의 등장으로 중반까지 한국 서버는 혼돈 그 자체였기 때문이었다.
 그런데 원래 유명했던 알딘이 톱 5에 오르는 이적을 보인 것이다.
 길드 사냥꾼이라는 이명은 이미 뒷전으로 물러난 지 오래였다.

〈랭킹 포식자〉

 미친 듯이 랭킹을 올린다 하여 붙여진 수식어. 그것이 현재 알딘을 지칭하는 이명이었다.
 이명에서 알 수 있듯 랭킹이 갱신될 때마다 알딘은 한 번에 몇 단계씩 꾸준히 상승했다.
 상위권으로 오를수록 오르는 폭이 줄어들었지만 절대 정체되거나 내려간 적은 없었다. 한 단계라도 꼭 올라간다. 그렇게 해서 도달한 지점이 랭킹 5위였다.
 4위인 '오토매틱'의 길드장 콘페이토와의 레벨 차이는 고작해야 3레벨.
 다다음 주 후면 그의 랭킹은 하나 떨어질 게 자명했다.
 세계 랭킹 8위의 사카드는 그를 두고 이런 말을 한 적이 있었다.

'한계를 모르는 미친 괴물.'

 과거 크라켄 레이드를 함께한 적이 있었기에 사카드의 평은 많은 사람들에게 진실처럼 다가왔다.
 뿐만 아니라 버그 플레이어 토벌과 여러 길드를 단신으로 무너트린 일화 등은 1년밖에 안 됐음에도 전설이 되었다. 심지어 몇몇 일화는 크게 부풀려지기도 했다.

또한 누군가는 알딘을 신격화시켜 추종자 집단을 만든 적도 있었다. 사기라는 게 들통나 한 달도 가지 못하고 사라졌지만 말이다.

대한민국에서 가장 핫한 게이머이자 방송 출연을 하지도 않는데 브랜드 가치가 자꾸 상승하는 알딘.

그는 현재 벼락이 떨어지는 땅에서 미친 듯이 사냥을 하고 있었다.

✢ ✢ ✢

쾅!

암석 거인의 무지막지한 주먹이 황폐화된 대지를 후려쳤다. 지반이 갈라지며 그대로 붕괴되었다.

끊임없이 벼락이 떨어지는 곳이기에 이곳의 땅은 한없이 나약했다. 이런 곳에서 전투를 치르는 것은 제법 어려웠지만, 적응을 마친 이상 그리 어려울 것도 없었다.

몸을 뒤쪽으로 튕겼다. 눈가에 붉은색 머리칼이 흔들리는 게 보인다. 처음엔 어색했지만 지금은 빨갛지 않으면 오히려 허전하다.

"5일 동안 고생한 대가로 네 뚝배기부터 깨 주마!"

암석 거인의 주먹을 피한 나는 높이 뛰어올랐다.

왼손에 낀 장갑에 마력을 주입했다.

[아르첸의 장갑:그래비티 포스(Gravity Force)]

손등에 박힌 푸른 보석이 찬란하게 빛났다.

암석 거인을 중심으로 대지가 둥글게 움푹 파이기 시작했다.

5미터가 넘어가는 거대한 신장의 거인이었지만 그래비티 포스의 힘을 버티지 못했다. 굵직한 다리가 구부러지며 한쪽 무릎이 바닥에 닿았다. 나약한 땅은 무게를 견디지 못하고 점점 밑으로 가라앉았다.

"오랜만에 쓰니까 되게 어색하네."

아르첸의 장갑은 한때 내가 즐겨 썼던 아이템이었다. 꽤 오래전에 애용했던 터라 사용이 어색했다. 하지만 금방 감을 되찾을 테니 큰 걱정은 없었다.

바닥에 착지하고 쥐고 있는 흑검을 보았다. 얻은 지 이틀 밖에 안 된 따끈따끈한 신무기였다.

전에 썼던 용암의 검은 아쉽게도 레이드 도중에 파괴되고 말았다. 전설 등급이었기에 파괴는 정말이지 뼈아팠다. 신무기를 얻긴 했지만 용암의 검의 가치만 생각하면 자다가도 벌떡 일어난다.

"네가 잘해 줘야 해. 녀석이 못한 만큼 더 빡세게 굴러야 한다고!"

대답도 하지 못하는 검에게 소리치는 모습이 우스꽝스러웠지만 아무도 보지 않으니 할 수 있는 짓거리다.

반년 동안 NPC 말고는 다른 사람과 거의 만난 적이 없다 보니 이런 식으로 혼자 놀게 되었다.

괜히 씁쓸함이 밀려왔다.

가끔씩 하는 셀리느와의 통화가 아니었다면 우울증에 걸렸을지도 모른다.

우울함을 지우고 표독스러운 눈으로 암석 거인을 보았다.

이게 다 저놈 탓이다. 저놈 탓에 이 지겨운 사냥이 무한대로 반복되는 것이다.

"죽어!"

구덩이에서 기어 나오는 암석 거인의 머리 위로 뛰어올랐다.

흑검 아스칼론에서 검은 마력이 폭발했다.

빛의 힘조차 집어삼키는 검은 마력은 두 줄기로 나뉘어 꽈배기처럼 서로를 엮기 시작했다.

검을 역수로 쥐고 거인의 머리를 찔렀다.

[드래곤 헌팅(레플리카)]

어둠이 가라앉으며 거인을 다시 구렁텅이 속으로 떨어 트렸다.

흑검 아스칼론은 드래곤을 죽였다고 전해지는 성검(聖劍) 아스칼론의 레플리카였다. 비록 진짜 성검은 아니지만 아스칼론의 격은 가히 홀리 가디언 최상. 그것의 모조품이기에 흑검 아스칼론의 위력도 만만치 않았다.

"그래 봐야 250렙제 무기긴 하지만."

성검 아스칼론을 사용하려면 800레벨을 넘어야 하니 아득한 차이라고 할 수 있었다.

크어어······.

암석 거인이 저 아래에서 괴로운 듯 신음을 흘린다.

[벼락 세계의 암석 거인][290레벨]

현재 등장한 몬스터 중 최고 높은 레벨을 자랑하는 놈이 저러고 있으니 추하다.

아스칼론 위로 리히트 블레이드를 덧씌웠다. 이젠 자연스럽게 뇌전의 신격을 함께 운용하는 경지에 이르렀다.

검을 한 번 흩뿌리자 구덩이에 빛이 가득 차며 뇌기 가득한 빛의 기둥이 하늘 위로 솟구쳤다.

[리히트 소일레]

하늘을 뒤덮은 뇌운이 빛의 기둥에 둘러진 뇌기를 느끼고 번개를 일으켰다.

콰르르릉! 쫘릉!

요란한 천둥소리에 비가 한두 방울씩 떨어지기 시작했다.

빛의 기둥이 조금씩 사그라지며 완전히 소멸했다.

기둥 안쪽에서 시커먼 연기가 피어올랐다. 악취보단 웬 구수한 냄새가 코끝을 자극한다.

"바짝 익었네."

연기를 걷어 내고 구덩이 안을 보니 암석 거인이 평범하게 타 버린 돌덩이로 전락해 있었다.

방금 내 공격뿐 아니라 자연에서 떨어진 번개까지 합쳐져서인지 암석 거인은 즉사했다.

이제 한 마리.

퍼석퍼석한 땅을 문지르며 하늘을 보았다.

뇌전의 신력 때문인지 조용하던 하늘이 다시 큰 울음을 토해 내기 시작했다.

쿠릉! 쿠르릉!

흩날리는 빗속에서 번쩍거리는 번개 줄기는 한 마리의 뇌룡이 꿈틀거리는 것 같다.

검을 집어넣었다. 이런 곳에서 피뢰침이라 해도 손색없는 검을 들고 있으면 번개를 유도하는 꼴이다.

"그나저나 언제 나타나나?"

암석 거인의 시체를 뒤로하고 발걸음을 옮겼다.

가뜩이나 약한 지반이 빗물에 적셔지며 늪처럼 바뀌었다. 한 걸음 내딛는 것도 쉽지 않다.

벼락 지형으로 유명한 이곳, 사크리마 평원은 생명체가 살아갈 수 있는 환경이 아니다. 전생의 경험이 아니었다면 이런 미친 지형에 적응하는 데만 한 달을 소모했을 수도 있다.

그때 머리 위로 벼락이 떨어졌다. 뇌전의 신력을 두른 상태라 번개를 쉽게 유도해 반대 방향으로 날려 버릴 수 있었다.

쾅!

번개가 떨어진 곳에 큼직한 구덩이가 만들어졌다.

나는 찾고 있는 녀석이 나타날 때까지 하염없이 사크리마 평원을 거닐었다.

※ ※ ※

"으으, 여기에 진짜 있는 거 맞습니까?"

"그렇대도!"

2명의 취재진이 코르도스 산을 넘어 대수림으로 진입하고 있다.

그들은 현재 소대륙 아틀란티스에 있다는 알딘을 취재하기 위해 그곳으로 가는 중이었다. 둘 모두 레벨은 150도 찍지 못했지만 상부에서 내려온 취재 명령을 거부할 수 없었다.

아틀란티스는 알딘에 의해 개방된 이후 많은 강자들이 찾는 대륙이었지만 2차 전직도 못한 그들에겐 사지나 다름없었다.

그들은 조심스럽게 가파른 내리막을 내려갔다.

그때였다. 하늘이 어두워지며 엄청난 마력이 두 사람을

짓눌렀다.

"끄어억!"

"뭐, 뭐야······."

아틀란티스의 존재만 알 뿐 '티켓'은 모르는 그들이었다. 거의 알려지지 않은 정보기도 했고, 그들이 안일했던 것도 있었다. 등 떠밀리다시피 온 곳이니 어찌 보면 당연했다. 그러나 다가올 결과는 그것까지 배려해 주지 않았다.

무광의 어둠을 두른 듯한 거대한 드래곤이 내려온다.

-너흰 누구냐.

묵직한 음성이 머릿속에서 메아리친다.

취재진 중 한 명인 알바코가 떨리는 목소리로 대답했다.

"저, 저흰··· 취, 취재진인데요?"

분명 게임 속 캐릭터라는 걸 아는데도 후들거리는 다리는 진정되지 않았다.

마롱 아크렐리온이 알바코의 옆 사람을 쳐다봤다.

-너는.

"키, 킹티오레입니다."

-여긴 왜 왔지?

"아, 아틀란티스로 가려······."

-닥쳐라아아!

용마력이 동심원을 그리며 주변을 뒤집어 버렸다. 그들이 앉아 있는 곳 역시 마찬가지였다.

왜 이곳의 내리막이 가파른지 그들은 알 것 같았다. 침입자가 올 때마다 저 마룡이 이런 짓거리를 해 대니 산이 남아날 수가 없다.

알바코와 킹티오레가 서로를 껴안으며 비명을 질렀다.

-건방진 벌레들! 그래, 네놈들도 아르카딘에게 허락을 받았더냐?

"아, 아르카딘이요?"

"처음 들어 보는 이름인데…….."

-하하! 그래, 너흰 아니란 말이지. 그럼 죽어라.

용마력이 2개의 구체를 이루었다.

아크렐리온은 조소를 머금은 채 용마력을 터트리려 했다.

"잠시."

아크렐리온의 어둠을 뚫고 작은 어둠이 바닥에서 튀어나왔다. 그것은 불길함을 품고 있는 어둠이었다.

마룡은 그걸 보며 두 눈의 적광을 한층 더 빛냈다.

-마왕의 하수인인가!

폭풍이 휘몰아친다.

어둠이 걷히며 새까만 로브를 두른 남자가 나타났다. 얼굴은 보이지 않지만 등 뒤에 멘 커다란 대도(大刀)는 용의 어금니 같았다.

남자가 아크렐리온에게 손목을 내밀었다. 푸른빛을 흘리는 문자들이 흘러나온다.

아크렐리온이 눈살을 찌푸렸다.

-마왕의 하수인이 이 땅에 들어가려 하는가. 아르카딘은 또 그것을 허락했고? 크크큭! 우습도다.

"마왕께서 안부를 전해 달라고 하셨습니다."

-네놈이 모시는 마왕이 누구지?

"칠흑."

-그놈인가! 크하하하! 좋다! 지나가라!

"감사합니다."

남자가 고개를 꾸벅 숙이고 아크렐리온을 지나쳤다.

취재진은 그의 뒤를 쫓아가려고 했지만 거대한 꼬리가 그들을 막아섰다.

"아……."

-너흰 못 지나간다.

아직 사라지지 않은 용마력의 구체가 두 사람을 휘저었다. 그리고 아무것도 남지 않았다.

아크렐리온은 남자가 사라진 방향을 보며 비릿한 미소를 지었다.

마왕의 힘이 아틀란티스를 더럽히려고 한다.

오랜만에 재밌는 구경이 될 것 같단 생각이 들었다.

그는 거대한 날개를 펼치고 드넓은 창공으로 날아올랐다. 어둠이 사라지며 그곳엔 더 이상 아무도 남아 있지 않았다.

제43장

찌릿찌릿

광전사가 죽지 않아!

흑빛의 칼날이 암석 거인의 핵을 파고들었다.

칼날을 타고 빛이 솟구쳤다.

단단한 핵 안으로 강력한 신성력이 스며들자 쩍- 소리를 크게 내며 파괴됐다.

끄워어어억!

암석 거인이 고통을 느끼며 울부짖었다.

거대한 팔을 위협적으로 휘둘렀지만 힘의 근원인 핵이 파괴되었기에 굼떴다.

나는 놈의 주먹을 여유롭게 피하고 검을 한 번 더 내질렀다.

검끝에 맺힌 검은 태양의 파편이 폭발했다. 암석 거인의 주변이 암전되며 어둠이 둥글게 번졌다.

암석 거인이 앞이 안 보이는지 눈을 비볐다.

"그렇다고 보이겠냐?"

검은 태양의 파편이 가진 암흑 효과는 걸리기만 한다면 절대적인 효과를 발휘한다.

광섬:게헥으로 놈을 난도질하고 흑검 아스칼론의 힘을 개방시켰다.

[용린파쇄참(龍鱗破碎斬)]

드래곤의 비늘을 파괴했다 하여 붙여진 이름. 비록 모조 스킬에 불과했지만 암석 거인의 돌덩이 같은 피부를 무력화시키기엔 충분했다.

쾅!

육중한 거체를 자랑하는 거인이 바닥에 처박혔다.

공중으로 뛰어오른 나는 검을 높이 치켜들고 그대로 떨구었다.

[화이트 쉘(White Swell)]

200레벨에 배운 새로운 직업 스킬.

화이트 쉘이 눈부신 광채가 되어 분사되었다.

바람 앞의 촛불이 된 암석 거인은 화이트 쉘의 무지막지한 파괴력을 버티지 못했다.

끄어어억…….

괴로운 듯 신음만 흘리던 거인은 그대로 먼지가 되었다.

바닥에 착지한 나는 검에서 피어오르는 연기를 털어 냈다.

화이트 쉘은 빛을 초고속으로 응축시켜 발생한 고열을 뿜어내는 스킬이다. 그렇다 보니 칼날이 달궈지는 건 어쩔 수 없었다.

검집에 아스칼론을 꽂아 넣었다.

"한 마리 사냥하는 데 이제 5분 정도인가."

290레벨의 벼락 세계의 암석 거인이 고작 5분 컷.

다른 사람이 본다면 경탄을 금치 못하겠지만 개인적으론 많이 부족했다.

이곳의 암석 거인들은 못해도 2~3분 안엔 정리해야 한다.

'레벨 차이가 많이 나는 것도 아닌데.'

지금 나의 레벨은 277. 레벨만 따졌을 때 세계에서 한 손에 꼽히는 수준이었다.

거기다 나의 힘을 생각했을 때 사냥터를 옮기는 게 맞지만, 이곳에서 반드시 해야 할 게 하나 있었다.

그러나 하고 싶다고 바로 할 수 있는 게 아니었다. 문제는 바로 시간.

내가 사크리마 평원에서 노리는 '몬스터'는 랜덤하게 특정 효과를 흩뿌리며 나타난다. 그러니 싫어도 이곳에서 암석 거인들을 사냥하고 있던 것이다. 생각보다 쓰러트리는 시간이 더뎌서 마음에 안 드는 참이었지만.

"젠장! 운 더럽게 없네. 이곳에 온 지 보름이 지났는데, 언제 나타나는 거야?"

하루빨리 '디자인의 영역'으로 넘어가야 하는데.

몇 달 전에 제로스 자식이 대체 어찌 알았는지 이곳으로 넘어온 참이다.

놈은 회귀자가 아니라서 아틀란티스에서 제법 고생하고 있긴 하지만, 놈이 속한 조직에서 무한한 후원을 해 주는 터라 레벨 업 속도는 나와 비등한 상태다.

괴물 같은 자식이다. 빨리 '디자인의 영역'으로 건너가야 놈을 바짝 추격할 수 있는데.

"에잇! 개 같은 거! 대체 언제 나……."

걸쭉한 침을 뱉으며 한바탕 욕을 퍼부으려 할 때였다.

콰가가강!

하늘이 무너지는 듯한 소음이었다.

본능에 가깝게 뒤로 몸을 돌렸다.

눈 뜨고 보기 힘든 백광이 멀지 않은 곳에서 터져 나왔다. 직후 뒤따른 후폭풍에 모래 먼지가 난잡하게 흩날렸다.

나는 팔로 얼굴을 가리고 빛이 터져 나온 장소를 보았다.

광안을 사용하자 세상이 마력의 형태로 구분되기 시작했다.

빛 번짐으로 일그러져 있던 세계가 똑바로 보인다.

"나왔구나."

마력이 마치 번개라도 된 것처럼 불규칙한 선을 그리며 날뛰고 있다. 그 안에는 새까만 무언가가 비스듬하게 서 있었다.

 마력이 동심원을 그리며 돔 형태로 퍼져 나간다.

 돔의 내막으로 뇌기 형태의 마력이 들러붙으며 요란한 효과를 보였다. 광안이 아니었다면 빛이 둥글게 퍼지는 정도로밖에 보이지 않았을 것이다.

 광안을 해제했다. 뭉쳐 있던 빛이 사방으로 퍼졌기에 유지할 필요가 없어졌다.

 푸른 번개가 타닥타닥 소리를 내며 주변으로 튀어 오른다. 나는 그 가운데 서 있는 거인을 보았다.

[벼락 세계의 거인왕][BOSS][310레벨][히든]

 사크리마 평원의 주인이자 평소엔 번개가 되어 뇌운에 숨어 사는 거인이 모습을 드러냈다.

☩ ☩ ☩

 랭킹 4위 콘페이토는 그가 이끄는 '오토매틱'의 지원을 받아 아틀란티스를 전전하고 있었다.

 그러나 콘페이토에게도 아틀란티스는 쉽지 않은 곳이었다. 마마야루 대륙과 비교했을 때 재앙과도 같은 지형은 적응하기도 힘들었고, 그런 곳에서 몬스터와 전투를 벌이는 것도 쉽지 않았다.

그는 돌부리에 걸터앉아 휴식을 취했다.

"알던 그 자식······. 엄청난 속도로 추격해 오고 있던데."

솔직히 이 상태면 랭킹 4위 자리를 그에게 넘겨줘야 할 판이다.

놈의 상판을 떠올리면 에테리옴 때가 떠올랐다.

말도 안 되는 스킬로 자신을 한 방에 즉사시킨 괴물 같은 놈.

한편으론 그런 괴물이기 때문에 어느 정도 납득되었다. 어차피 자신보다 강했고, 더 강해질 수 있는 재능을 가진 놈이었으니까.

'그래도 지기는 싫단 말이지.'

최상위 랭커쯤 되면 다들 강한 프라이드를 가지고 있다. 아무리 스폰서가 붙었다 해도 재능이 없다면 도달할 수 없는 영역이었기 때문이다.

거기다 콘페이토는 한 손에 꼽히는 랭커였다. 누군가한테 밀리는 건 죽기보다 싫었다.

가뜩이나 지금 랭킹도 한 단계 밀린 것이었다.

한 단계 더 밀린다?

그렇다 해도 그의 나라에선 콘페이토를 영웅 취급 해 줄 테고 스폰 비용도 억 소리 나겠지만, 프라이드가 갈기갈기 찢기고 말 것이다.

콘페이토는 이를 악물고 자리에서 일어났다.

자신의 인격을 바꿔 주는(심리적으로) 헬멧을 착용했다.

"내가 최강인 것이다!"

히든 클래스, 사상 단절자가 검을 뽑아 들었다.

사상 단절자 고유의 무기 이데아가 풀을 뜯어 먹고 있는 몬스터를 향해 쏘아졌다.

몬스터가 관심 없는 눈빛으로 콘페이토를 보았다.

선공형은 아니지만 레벨은 무려 300대의 초식형 몬스터 후젱의 머리에 이데아가 작렬했다. 그리고 나른하기 짝이 없던 후젱의 눈이 표독스럽게 변했다.

후제에에엥!

나무늘보 같은 후젱이 갈고리 같은 발톱으로 콘페이토를 공격했다.

콘페이토가 간신히 공격을 막았지만 나무늘보처럼 생긴 주제에 재빠르게 다음 공격을 날렸다.

이번 건 피하지 못했다. 대신 스킬로 한 번 버텼다.

[감각 전환]

옆구리에 갈고리 같은 발톱이 박혔다.

상처가 났지만 통증은 없었다. 감각 전환으로 통증을 땅 밑으로 흘려보낸 것이다. 안타깝게도 무적기는 아니었기에 HP가 깎이는 건 어쩔 수 없었다.

몬스터 한 마리 상대하는 것조차 버겁다.

콘페이토는 후젱의 얼굴을 붙잡았다. 아귀에 힘을 주자 손가락이 안면 가죽을 파고들었다.

후제에에에엥!

후젱이 발톱을 휘두른다. 검으로 막았지만 갈고리 형태였기에 날개 뼈 부분이 찔리는 건 피할 수 없었다.

"젠장인 것이다…… 한 마리조차 감당하기 버거운 것이다!"

279레벨이라면 300렙대 몬스터 정도는 너끈히 상대해야 정상이다. 그런데 이게 무슨 추태란 말인가?

비단 그만이 아틀란티스에서 고통을 겪는 건 아니었지만 콘페이토가 그런 사실까지 알 리 없었다.

"으아아악!"

콘페이토는 비명 같은 기합을 내지르며 후젱을 밀어냈다. 그러곤 뒤로 멀찍이 뛰어 거리를 벌렸다.

후젱이 눈을 빛내며 달려든다.

대각으로 세운 검을 밑으로 내리그었다.

[이데아 블레이드]

콘페이토의 시그니처 스킬이자 2차 전직을 하며 한층 더 강력해진 사상을 베는 검이 후젱을 덮쳤다.

한때 쿠루쿠루의 캔슬로 허무하게 사라졌지만 닿기만 한다면 엄청난 위력을 자랑한다.

후젱이 다급히 피하려 들었지만 이미 늦었다.

…라고 생각할 때였다.

어둠이 그곳에 내려앉았다.

이데아 블레이드가 새까만 어둠에 잠식되며 흔적도 없이 소멸했다.

콘페이토는 믿을 수 없는 눈으로 어둠을 보았다.

"넌… 누구인 것이냐?"

연기 형상을 띤 어둠이 넓게 퍼지며 순식간에 한곳으로 응축됐다.

회오리처럼 빙글빙글 돌기 시작한 어둠은 금세 사람의 형태로 바뀌었다.

등에 거대한 대도를 멘 검은 후드의 남자였다. 몸에서 피어오르는 검은 연기는 모든 것을 잡아먹을 것만 같았다.

남자의 고개가 콘페이토 쪽으로 돌아갔다.

보이는 거라곤 입밖에 없건만 마치 시선이 자신의 몸을 훑는 것 같다.

콘페이토는 몸에 오소소 소름이 돋는 걸 느꼈다.

그 순간 콘페이토는 자신이 겁을 먹었다는 것을 깨달았다.

웃기지도 않은 일이었다. 자신은 누가 뭐래도 홀리 가디언 랭킹 4위였다. 얼굴도 모르는 녀석에게 겁을 먹는 건 수치나 다름없었다.

'겁먹지 않은 것이다.'

콘페이토가 남자에게 검을 겨누었다.

사상 단절자의 검은 이론상 적의 존재 자체를 말소시키

는 힘을 가지고 있다. 저 불길한 어둠이 뭔지 모르겠지만 사상 단절자의 힘이라면 충분히 무력화시킬 수 있을 것이다.

후쟁!

그때 남자의 뒤에서 후쟁이 크게 울었다. 자신을 무시하지 말라고 외치는 것 같았다.

남자가 고개를 돌렸다.

보통 후공 몬스터들은 한 번 화나면 상대의 힘을 생각하지 않고 돌진한다.

날카로운 갈고리 발톱이 남자를 공격했다.

발톱이 코앞에 다가왔을 때 남자의 입꼬리가 묘하게 위로 뒤틀렸다.

[데스 오더(Death Order)]

어둠이 후쟁을 감싼다.

갈고리 발톱이 어둠을 가르려 했지만 그럴수록 늪처럼 대상을 잡아먹듯 뒤덮었다.

어둠이 완전한 구체가 되었다.

그리고 해골 형태로 바뀌었을 때,

끄아아아아악!

해골이 끔찍한 비명을 질렀다.

콘페이토는 다급하게 두 귀를 틀어막았다.

남자는 그 소리를 부드럽게 받으며 대도를 뽑았다.

서억-

해골에 세로 선이 그어진다.

콘페이토는 고민하지 않고 검을 흩뿌렸다.

사상붕괴검이라 이름 붙은 사상 단절자의 절기가 남자를 노리고 쏘아졌다.

뭉게구름처럼 어둠이 증식한다.

"뭐……?"

콘셉트도 잊어버리고 그렇게 중얼거렸다.

레이드 몬스터에게조차 치명적인 일격을 가한 사상붕괴검이 어둠에 빨려 들어간다.

콘페이토는 믿을 수 없었다.

저 어둠은 힘의 유무를 생각하지 않고 모든 걸 빨아들이는 것일까?

그렇다면 사기라고밖에 표현할 수 없다.

그러나 콘페이토는 알지 못했다. 이보다 더한 것도 있다는 것을.

[되돌리기]

속이 불편한 사람처럼 어둠이 꿈틀거렸다.

콘페이토는 불길함을 느끼고 즉시 그곳에서 벗어났다.

"늦었다."

남자가 처음으로 목소리를 냈다.

콘페이토가 오른쪽을 쳐다봤다. 어느새 떼어져 나온 어

둠이 그의 지척에 있었다.

그리고,

----------!

사상붕괴검이 그를 덮쳤다. 사상 단절자의 최강 절기가 역으로 사상 단절자의 사상을 붕괴시킨 것이다.

일시적으로 모든 힘을 잃은 콘페이토는 바닥을 나뒹굴었다.

가장 강력한 스킬답게 사상붕괴검은 대상의 모든 스킬은 물론이고 스탯조차 봉인하는 살벌한 힘을 가지고 있었다.

유지 시간은 10분. 모든 싸움이 끝나고도 남을 시간이었다.

"いただきます(잘 먹겠습니다)."

어둠이 콘페이토를 집어삼켰다.

그리고 5분의 시간이 흘렀고, 그곳엔 아무것도 남지 않았다.

＊　＊　＊

벼락 세계의 거인왕은 일반적인 필드 몬스터가 아니다.

놈이 사크리마 평원의 주인인 건 맞지만, 실제로 필드 보스는 따로 있었다.

놈에게 히든이란 표시가 떠 있는 게 그 증거였다.

운이 나쁘다면 한 달도 넘게 보지 못한다는 아주 희귀한 히든 보스로 내가 찾던 녀석이었다.

막 집어넣은 검을 다시 뽑아 들었다.

거인왕의 시선이 내게 닿았다.

나는 그 시선을 받으며 땅을 박찼다.

쿠와아아아아아!

[띠링! 벼락 세계의 거인왕이 피어를 터트렸습니다!]

[피어의 영향으로 상태 이상 '공포'가 발생했습니다.]

[피어의 영향으로 상태 이상 '경직'이 발생했습니다.]

['공포'의 영향으로 모든 능력치가 5분간 8퍼센트 감소합니다.]

['경직'의 영향으로 5분간 모든 움직임이 20퍼센트 감소합니다.]

"칫!"

레벨 차이가 크다 보니 피어 효과가 제대로 들어왔다.

납덩이를 단 것처럼 몸이 무거워졌다.

나는 혀를 차며 돌진하던 것을 멈추었다.

번개를 다루는 녀석에게 속도전은 미친 짓이다.

특히나 저런 거대한 것에게 느려진 몸뚱이로 싸움을 거는 건 자살행위였다.

"원거리로 공격하는 수밖에 없겠는걸?"

뇌전의 신력을 검에 둘렀다.

거인왕이 발산하는 번개에 비하면 초라하지만, 내 번개는 무려 신력이었다.

칼날을 타고 튀어 오르는 뇌기가 거인왕의 번개에 반응하듯 크게 날뛰기 시작했다.

[검은 태양의 파편]

먼저 눈부터 빼앗는다.

뇌전의 신력을 덧씌울 수는 없지만, 첫 공격으론 안성맞춤이다.

검은 파편이 거인왕을 향해 움직였다.

잔뜩 응축된 번개가 광선처럼 검은 파편을 요격했다.

설마 저런 식으로 공격할 줄은 몰랐다.

강한 충격으로 검은 파편이 자동으로 발동되었다.

애먼 허공에 암전 현상이 발생하며, 어둠의 폭발이 일어났다.

"허미… 쉬펄."

지금까지 적들은 이런 식으로 막는다는 발상을 하지 못했다.

솔직히 나도 이게 이렇게 막히는 줄 처음 알았다.

생각해 보면 전생엔 암살자라서 이런 식의 공격을 해 본 적이 없었다.

마법사들의 공격도 대부분 파티라 거인왕이 신경 쓰기도 어려웠을 테고.

"지, 진짜 별꼴 다 보겠네."

크게 당황스러웠지만 금방 정신을 갈무리했다.

방심했다간 번갯불에 구워진 콩이 되고 말 것이다.

거인왕이 하늘로 두둥실 떠올랐다. 바닥과 이어진 전기가 찌르르 울리는 듯했다.

거인왕이 입을 벌렸다.

[다중 육각 방패 전개]

허공에 방패들을 띄워 놓고, 암막을 둘렀다. 그걸로도 모자라 점멸로 최대한 거리를 벌렸다.

저 패턴에 대해선 누구보다 잘 안다고 자신할 수 있었다.

거인왕의 고개가 위로 향했다. 입에서 새파란 뇌포가 뿜어져 나왔다.

뇌운이 뻥 뚫리며 블록버스터 같은 광경이 펼쳐졌다.

"메테오 썬더."

공식 설정집에 적힌 거인왕의 기술 명칭.

하늘에서 쏟아져 내리고 있는 뇌기의 비가 바로 그 기술이었다.

그러나 저것은 단순 눈속임일 뿐이다. 숱한 경험을 통해 그 사실을 알고 있었다.

뇌기의 비는 암막으로 막고, 육각 방패를 정면에 촘촘하게 전개했다.

푸른 빗줄기에 시야가 가려진다.

눈을 한 번 깜빡였다.

새파란 번개가 둘러진 주먹이 육각 방패를 후려쳤다.

쾅-!

[텔레포트 썬더 스매쉬]

공간을 뛰어넘는 관성에 번개의 힘을 더한 펀치 기술이었다.

암살자 땐 헝그리 쉐도우라는 스킬로 몸을 피했지만, 반격을 할 수 없다는 단점이 있었다.

지금은 그때랑 상황이 완전히 달랐다.

육각 방패의 유무만으로 반격할 수 있는 기회가 차고 넘친다.

이미 맥스 레벨을 찍은 점멸은 쿨타임이랄 게 거의 없었다.

"네가 하면 나도 하지!"

순식간에 놈의 뒤를 점했다.

자기장을 펼쳐 놓은 녀석은 내가 나타난 장소를 바로 눈치챘다.

늦었다, 요 녀석아!

리히트 블레이드를 전개함과 동시에 검을 움직였다.

빛의 칼날이 거인왕의 뒷목을 깔끔하게 베었다. 파란색 핏물이 허공으로 튀었다.

크어!

거인왕이 비명을 지르며 양팔을 넓게 펼쳤다.

피부가 점점 발광한다.

번개가 물감으로 칠하듯 넓게 번지기 시작한다.

나는 다급히 점멸을 사용했다.

그보다 번개가 조금 빨랐다.

번쩍-!

"……."

왼쪽 팔이 새까맣게 타 버렸다.

첫 공격을 당했을 뿐인데 설마 폭탄 모드가 될 줄이야.

폭탄 모드란 거인왕이 공격당했을 때 체내의 번개를 뿜어내는 즉시 반격 기술이었다.

점멸로도 반응하기 어려운 속도에 위력까지 강력해 물몸 클래스들은 빈번하게 즉사당하기도 했다.

['경시되는 생명'의 효과로 공격력이 30퍼센트 증가합니다!]

왼팔이 타 버리는 것으로 30퍼센트의 HP가 사라졌다.

어지간하면 이 공격력을 유지하고 싸우면 좋겠지만, 타 버린 팔이 제 기능을 못한다면 그것대로 문제다.

하는 수 없이 재생의 빛으로 팔 전체를 회복시켰다.

모든 신경이 돌아오며 손가락이 자유자재로 움직였다.

"찌릿찌릿하네."

재생을 끝냈는데도 반사적으로 팔 전체에 경련이 난다.

나는 씩, 입꼬리를 올렸다.

"이렇게 나온다는 거지?"

빡빡하게 굴겠다면 나 역시 똑같이 굴어 줄 수밖에.

마력과 뇌전의 신력을 동시에 일으키며 거인왕을 향해 돌진했다.

 ✟   ✟   ✟

쾅! 콰앙!

거인왕의 주먹과 흑검이 맞부딪친다.

충돌할 때마다 하얀빛이 터져 나오며, 미약한 충격파를 발생시켰다.

나는 점멸로 허공을 자유롭게 배회하며 거인왕을 압박했다.

콰강-!

그러나 재빠른 몸놀림의 거인왕은 쉽게 공격당하지 않았다.

움직임부터 묶어야 한다.

[흑점:소드 블랙홀]

검끝에 새까만 점이 맺혔다.

점멸로 놈의 공격을 피하고 허벅지에 흑점을 찔렀다.

공간이 뒤틀리며 거인왕의 육체를 끌어당기기 시작했다.

빛의 파동을 놈의 미간에 박았다.

강한 충격파에 번개로 이루어진 거인왕의 육체가 파도치듯 출렁였다.

동시에 내 모든 능력치가 소폭 상승했다.

기공 운용을 이용해 마력으로 몸을 가볍게 만들었다.

뇌전의 신력을 체내에 덧칠했다.

팔을 세차게 휘저었다.

평소의 능력치로는 불가능한 쾌검술이 거인왕을 헤집었다.

크으으으!

"반응 좀 있나?"

1초에 네 번의 칼질을 총 5초 동안 유지했다.

어깨가 빠질 듯이 아파 왔지만 거인왕의 번개 육체가 흐물거리는 걸 보면 효과는 있었다.

그때 흑점이 사라지며 거인왕이 자유로워졌다.

보스 몬스터다 보니 속박 시간이 길지 않았다.

그러나 나한텐 움직임을 봉하는 힘이 하나 더 있었다.

[아르첸의 장갑:그래비티 포스(Gravity Force)]

장갑 낀 왼손을 펼쳤다.

푸른 보석에 마력이 주입되더니 강력한 중력이 거인왕을 짓눌렀다.

거인왕이 다급히 번개화를 사용했다. 그러곤 쏜살같이 중력의 영역에서 빠져나갔다.

나는 눈살을 찌푸리며 놈을 쫓았다.

대처 한번 기가 막히게 빠른 녀석이다.

광섬:게헥을 사용해 움직임을 막으려 했지만, 놈의 광포가 빛의 섬유들을 모조리 소멸시켰다.

"귀찮은 자식!"

점멸을 사용했다. 그러자 거인왕도 텔레포트를 사용했다.

우리의 위치가 동시에 바뀌었다.

몸을 돌리며 허공에 검을 휘둘렀다.

빛의 검이 참격이 되어 쏘아졌다.

220레벨이 되며 리히트 블레이드가 한 번 더 업그레이드됐는데, 지금처럼 원거리 참격이 가능하게 되었다.

'효율이 그리 좋진 않지만.'

한 번 사용할 때마다 SP 10퍼센트를 소모했다.

그렇다고 위력이 강하다기엔 평타 수준밖에 되지 않았다. 효율은 나쁘지만 지금처럼 견제용으로 한 번씩은 괜찮았다.

그러나 거인왕도 같은 생각이었는지 번개로 나를 요격하려 했다.

쾅!

두 개의 힘이 허공에서 충돌했다.

뿌연 연기가 발생했다.

시야가 가려진 상황.

급히 광안을 사용했다.

연기를 뚫고 마력의 윤곽이 두 눈동자에 포착된다.

그곳에 거인왕은 없었다.

[암막]

"큽!"

암막 위로 묵직한 충격이 전해졌다.

힘을 이기지 못하고 구덩이 밑에 처박혔다.

충격에 비해 피해는 크지 않았다.

거인왕이 다섯 채로 분열해 내게 쇄도해 온다.

번개 분신이었다.

분신들의 손에 맺힌 뇌광이 일직선을 그리며 내가 있는 곳으로 떨어졌다.

점멸로 피할까 했지만, 하필 좁은 구덩이에 떨어진 터라 피할 곳이 없었다.

'하는 수 없나?'

나한테까지 여파가 몰려오겠지만, 저것들을 정면으로 받아 내는 것보단 나으리라.

[빛과 어둠의 충돌]

초월급 스킬을 제외한다면 내가 가진 최강의 스킬이 펼쳐졌다.

좁은 구덩이가 스마트폰으로 확대하듯 거짓말처럼 늘어났다. 떨어지는 뇌포들이 내게서 발생한 강력한 충격파를 이기지 못하고 소멸하기 시작했다.

거인왕의 본체가 하늘 높이 날아올랐다.

"못 피하지."

그런 목소리가 거인왕의 귓가에 아른거렸다.

거인왕이 반사적으로 몸을 틀었지만, 늦었다. 공간을 뛰어넘은 성검이 번개로 이루어진 육신을 꿰뚫었다.

[패격 엑스칼]

최강의 스킬 중 하나가 놈에게 제대로 작렬했다.

번개의 육체가 힘을 잃은 듯 점점 작아진다.

검을 부드럽게 움직였다.

마치 영화의 한 장면처럼 폭연이 칼날을 타고 유유히 쫓아온다. 그러곤 시계 방향으로 서서히 회전하기 시작한다.

손바닥을 펼쳤다.

나는 회전하는 폭연 속에서 신성력을 일으켰다.

손바닥에 밝은 구체 하나가 떠오른다. 구체에서 황금빛 스파크가 튀어 올랐다.

[리히트 소일레]

뇌전의 신격이 담긴 빛의 기둥이 약해져 가는 거인왕을 매섭게 덮쳤다.

※ ※ ※

[띠링! 최초로 사크리마의 주인 '벼락 세계의 거인왕'을 토벌했습니다!]

[칭호 '벼락 세계를 정복한 자'를 획득했습니다.]

[레벨 업!]

[레벨 업!]

나는 들려오는 알림음의 리듬에 맞춰 짧게 춤을 췄다. 레벨 업이나 특별한 보상은 언제나 신이 나는 법이다.

놈의 시체가 떨어진 곳으로 걸음을 옮겼다.

거인왕은 사라졌지만 놈이 남긴 잔재는 바닥에 평화롭게 널브러져 있었다.

그중엔 내가 원하는 것도 얌전히 놓여 있었다.

"최초 토벌 시 100퍼센트 확률로 드롭하는 아주 귀한 아이템."

[벼락 맞은 슈즈]

레벨:300

등급:유니크

직업:모든 직업 사용 가능

분류:신발

종류:가죽

방어력:900~1,800

내구도:1,100/1,100(수리 가능)

민첩 +160

행운 +150

마력 +150

특수 효과:번개화(12레벨), 번개의 길(12레벨)

설명:벼락을 맞은 신발이다. 그러나 평범한 벼락이 아닌, 고대의 신격이 내린 벼락으로 신발에 강력한 신력이 부여되어 아주 특별한 신발이 되었다.

이걸 얻기 위해 이 거지 같은 지형에 적응하며 몇 주를 기다린 것이다.

전생엔 거인왕을 최초로 토벌했던 게 내가 아니라서 이 신발을 얻으려고 반년 정도는 노가다를 했었다.

물론 반년 동안 이곳에 죽쳐 있던 건 아니었지만, 왔다 갔다 하는 것만으로도 고생이 이만저만 아니었다.

다른 사람에겐 호구처럼 느껴질 수도 있겠지만, 벼락 맞은 슈즈는 그만한 가치가 있었다.

"탈라리아의 대체제가 되고도 남지."

압도적인 효율을 자랑하는 고공비행을 대체할 만한 스킬은 거의 없다.

특히 신발 중에선 찾기 어려웠다.

레벨이 오르며 어쩔 수 없이 탈라리아를 졸업했지만, 고공비행이 없어 많이 불편했다.

"이젠 괜찮아!"

번개화와 번개의 길은 고공비행을 대체하고도 남는 스

킬이었다.

 번개화는 거인왕이 보여 줬던 것처럼 물리 공격에 어느 정도 면역을 가지고 있었고, 번개의 길은 고공비행처럼 허공을 뛰어다닐 수 있는 스킬이었다.

 즉시 번개화를 사용해 보았다.

 뇌전의 신격이 있어서 그런지 번개화를 하자 전신이 황금빛으로 물들었다.

 오랜만에 느껴 보는 감각에 희열이 차올랐다.

 내친김에 번개의 길까지 사용했다.

 파지직-!

 내가 생각하는 곳에 미약한 번개 줄기가 뻗어 나간다.

 그곳으로 발을 내딛자 무빙워크처럼 자동으로 움직이기 시작했다.

 모두 내가 원하는 방향이었다.

 "감 죽지 않았네."

 한때는 진짜 이걸 자유자재로 쓰기 위해 미친 듯이 연습했었다.

 땅으로 내려온 나는 만족스럽게 기지개를 켰다.

 "끄으으윽! 이제 '디자인의 영역'으로 가면 되겠구나!"

 이곳에서 볼일도 이제 끝이다.

 나는 웃으며 신나게 발걸음을 옮겼다.

그리고 몇 시간이 지나고 그곳에 누군가 나타났다. 로브를 뒤집어쓴 남자였다.

그는 대도의 손잡이를 매만지며 낮게 혀를 찼다.

"한발 늦었다."

남자는 그리 중얼거리며 다시 발걸음을 재촉했다.

제44장

후보

광전사가 죽지 않아!

아틀란티스는 한때 마계와 연결된 포탈이 나타났었다는 설정이 있다.

당연히 단순 설정만은 아니었다.

'디자인의 영역'.

아틀란티스에 존재하는 지역이자 과거 마계에서 남작위에 머물렀던 강력한 악마 '디자인'이 다스리는 곳. 그곳에 군림하는 것은 분명한 악마들이었다.

'마계에서 도태되어 이곳으로 도망친 도망자에 불과하지만.'

그 힘은 지금 유저들에게 있어 악몽과도 같은 것.

1차 전직 퀘스트를 위해 존재하는 마굴의 허접한 악마들과는 질적으로 다르다.

이런 말이 우습긴 하겠지만 그놈들은 진짜 악마다. 평균 레벨이 300을 가볍게 웃돌며, 디자인은 350에 육박하는 괴물이다.

지금의 내 수준으로도 솔직히 버거운 사냥터지만 나는 내 경험과 기억을 믿었다.

"아슬아슬하지만 못할 건 없어."

못하더라도 해야 한다. 최정상까지 도달하려면 이런 식의 모험은 한두 번으로 불가능했으니까.

나는 디자인의 영역으로 가며 제로스의 레벨을 떠올렸다.

'311이었어.'

최근 집계된 랭킹표엔 분명 그렇게 적혀 있었다.

랭킹 4위인 나와 30이 넘어가는 레벨 차이였다.

원래부터 레벨 차이가 극심했다지만 내가 렙업 하는 속도는 다른 유저들의 평균을 한참 넘어섰다. 제로스도 피할 수 없어야 정상이었을 터. 그런데 그런 나를 비웃듯 놈은 엄청난 속도로 렙업 페이스를 올렸다.

아무리 뒤를 받쳐 주는 스폰서가 엄청나다지만 회귀자+베테랑인 나와 대등한 속도라는 건 믿기 힘들었다.

'그 자식도 회귀자인 거 아니야?'

되도 않는 생각이었지만, 또 생각해 보면 말이 안 될 것도 없다.

나도 회귀자인데, 다른 회귀자가 없을까?

거기까지 생각이 닿았고, 이내 피식 웃고 말았다.

"증말 개소리하고 자빠졌다."

회귀자가 어디 흔한 것도 아니고.

그리고 제로스와 마주쳤을 때 그가 보였던 반응은 절대 회귀자의 것이 아니었다.

회귀자는 회귀자를 알아본다.

나는 그렇게 생각했다.

쓸데없는 생각을 하며 하염없이 걷자 어느새 디자인의 영역과 맞붙어 있는 작은 도시에 도착했다. '칼리번'이라는 이름의 도시로 디자인의 영역에 출몰하는 악마들 때문에 고통받는 곳이었다.

이곳에서 악마들과 관련된 퀘스트를 왕창 받을 수 있다.

"일단 밥부터 좀 먹을까?"

칼리번은 양고기가 유명하지.

✢ ✢ ✢

"끄어억!"

목구멍을 타고 넘어오는 가스를 줄기차게 토해 냈다.

역시 칼리번의 양고기는 최고다. 특히 양꼬치의 경우는 시즈닝 소스가 매우 짭조름한 것이 내 입맛에 딱 맞았다.

요리할 때 쓰려고 구비해 둔 소형 나이프를 이쑤시개 대용으로 사용했다.

홀리 가디언은 다 좋은데 이쑤시개가 없어서 불만스럽다. 전생에 이쑤시개를 만들어 달라고 문의를 넣은 적이 있었는데, 그때 돌아온 대답은 '홀리 가디언은 유저들의 자유로운 (법에 저촉되지 않는) 행위를 권장하는 바입니다.'였었나?

즉, 나보고 만들어서 쓰라는 얘기였다.

웃기지도 않아 웃음도 안 나왔다.

그럴 거면 옷도 방직기로 직접 짜고, 갑옷도 열심히 망치 두드려 만들라고 하지.

"실제로 그렇게 하지."

순간 울컥해서 전문직 클래스들을 잊고 있었다.

그러고 보니 마스터 등급의 갑옷 제작자였던 해리는포터는 뭐 하고 지내려나?

거의 삼고초려 수준으로 쫓아다니면서 '흑룡'으로 영입했던 인재였었는데.

그런 부분까지 모두 초기화됐다 생각하니 왠지 씁쓸했다. 그 녀석을 데려오려고 진짜 별짓을 다 했었다.

나는 괜히 콧잔등을 긁으며 식당 밖으로 나왔다.

현실과는 달리 아틀란티스는 겨울이 한창이었다. 바닥을 뒤덮은 눈은 발걸음을 떼기 힘들 정도로 쌓였다.

"메인 스트리트가 한산하네."

모두 악마 때문이다.

이곳에서 얻을 수 있는 첫 번째 퀘스트를 클리어하기 전까지 이 상태가 계속 유지된다.

나는 시선을 메인 스트리트의 끝으로 옮겼다. 그곳엔 도시의 규모만큼이나 소박한 성 하나가 놓여 있었다.

지금쯤 저곳에서 칼리번의 주인이 극심한 스트레스에 밤잠도 설치고 있을 것이다.

첫 번째 퀘스트는 그에게서 받을 수 있다. 문제는 300레벨이 안 되면 저곳에 들어가기 힘들다는 것이다.

레벨 제한이 걸린 이유는 간단하다. 디자인의 영역에서 출몰하는 악마들의 평균 레벨이 그보다 더 높으니까.

'다행히 아예 방법이 없는 건 아니야.'

방법을 몰랐다면 300레벨이 되기 전까지 이곳에 오지도 않았다.

그 방법이 강제로 뚫는 건 아니었다. 버그 플레이어도 아니고, 도시의 근위병들을 감당할 힘은 내게 없었다.

숨어 들어가느냐? 노우! 당연히 그것도 아니다.

악마들 때문에 고통받는다지만 암살자 클래스도 아닌 내가 숨어드는 건 불가능. 투명 반지를 쓴다면 진입 자체는 할 수 있어도 결국 들키고 만다.

처벌은 굳이 설명하면 손가락만 아프다.

그렇다면 남은 방법은 하나다.

✟ ✟ ✟

 칼리번의 시장 겸 포스칼 왕국의 백작위에 앉아 있는 아서는 바닥을 구르는 악마의 머리를 보았다. 칼리번을 지독하게 괴롭히는 악마종 중 하나였다.

 아서는 머리를 가지고 온 남자를 보았다.

 제법 큰 키에 적발 적안이 인상적인 남자다. 흠집 가득한 백갑을 걸치고 있고, 몸에서 은은하게 흐르는 기운은 신성한 것 같기도 하고, 불길한 것 같기도 하다.

 아서는 주변 신하들을 쳐다봤다. 그들은 자신과 비슷하게 아리송한 얼굴을 하고 있었다.

 "험험……. 그래, 이 악마를 베어 온 것이 자네라고?"

 "네."

 "으음……. 대단하군."

 칼리번의 근위병은 물론이고 아서의 직속 기사단도 상대하기 쉽지 않은 게 악마들이다. 심지어 왕국에서 파견한 왕실 기사단도 악마들의 손에 많이도 죽었다.

 이후에 몇 번 더 보내 주긴 했지만 악마들을 뚫지 못하자 파견을 뚝 끊어 버렸다. 아서는 그 덕분에 요즘 들어 미쳐 버릴 지경이었다.

 다행인 것은 악마들이 본격적으로 쳐들어오지는 않는다는 것. 만약 마음먹고 도시를 공격해 오면 절대 막지 못하리라.

 그러던 와중에 젊은 전사 하나가 악마의 머리를 들고 찾아온 것이다.

 '자격이 부족하지만…….'

 저 수준으로 어떻게 악마종 하나를 잡았는지 의문이 들지만 저 모가지는 진짜다.

 우연이든 실력이든 잡았다는 것은 변하지 않는다. 그렇다면 조금 더 확신을 갖기 위해 시험해 보는 것도 나쁘진 않다.

 "총 10마리의 악마를 사냥해 올 수 있겠나?"

 아서는 그렇게 질문했고,

 "네."

 남자, 알딘은 즉각 대답했다.

 '역시 이렇게 되나?'

 내가 사용한 방법은 이곳에서 사용됐던 것은 아니었다. 칼리번이 최초 발견됐을 때는 이미 해당 유저의 레벨이 300을 넘었기 때문이었다.

 그러나 칼리번과 비슷한 상황에 처한 마을이나 도시, 크게는 나라까지 떠올리면 정말 많았다.

 몇몇 유저는 그 사실을 깨닫고 어떻게 하면 선점할 수 있을까 싶어 지금 같은 방식을 사용했다. 그리고 성공. 지금의 나처럼 말이다.

생각했던 첫 번째 퀘스트는 아니지만 이곳에서 벌어지는 모든 것이 시간문제나 다름없다. 나를 시험한다는 게 마음에 안 들었지만, 레벨이 낮은 게 죄다.

"악마 10마리 사냥이라······. 종별로 골고루 죽이면 되려나?"

디자인 휘하의 악마종은 총 13종으로 뷔페식으로 골라잡을 수 있다. 설사 네임드가 포함돼 있다 해도 디자인이 아닌 이상 충분히 감당하고도 남았다.

아틀란티스의 4대 금역이 아니라면 지금의 나를 버틸 수 있는 사냥터는 손에 꼽힌다.

대충 사냥할 만한 놈들을 고르고 칼리번을 벗어났다.

✟ ✟ ✟

크러어어억······.

템피스트란 악마의 목을 베었다.

304레벨의 악마로 사냥하는 데 총 5분이 소요되었다. 사크리마의 암석 거인을 사냥한 시간과 비슷했다.

상성 차이 때문이었다.

템피스트가 암석 거인보다 더 강하지만 악마종에게 나는 천적이나 다름없다. 심지어 마 속성 저항력도 압도적인 편이라 그들의 공격은 치명적이지 않았다.

"내가 너무 쫄아 있었나?"

상성은 알고 있었지만 이 정도로 극심할 줄은 몰랐다.

악마의 머리를 들었다.

아까 전엔 '메두사 파우더'라는 몬스터 시체를 유지시켜 주는 아이템을 썼는데, 이젠 그럴 필요가 없어졌다. 퀘스트 때문에 시체가 그대로 유지되기 때문이다.

템피스트의 머리를 인벤토리에 넣고 다른 악마를 찾아 나섰다.

"저기 있다."

멀지 않은 곳에 늑대 인간을 닮은 악마가 주변을 서성이고 있다.

[울피스트][308레벨]

템피스트보다 4레벨이나 높은 또 다른 악마종.

단숨에 점멸로 접근했다.

크릉?

늑대를 닮아 그런지 내 기척을 빠르게 눈치챘다.

이미 늦었다.

뽑혀 나온 흑검엔 리히트 블레이드가 둘러졌고, 광섬:게 헥이 놈의 등허리를 갈기갈기 찢었다.

깨게에엥!

개 울음소리를 내며 울피스트가 바닥을 나뒹굴었다.

뇌전의 신격을 두른 손으로 목을 붙잡았다.

목 근육이 상당한지라 한 손으로 꽉 붙잡는 게 어렵다.

그렇다면 마력으로 손의 범위를 확장시키면 그만.

손가락을 타고 마력이 뻗어 나와 족쇄처럼 울피스트의 목을 고정시켰다. 놈이 미친 듯이 발광했지만 신성력을 대량으로 뿜어내 억제했다.

[빛의 파동]

지근거리에서 충격파가 담긴 빛이 발생했다.

상당한 폭발에 바닥에 깔린 눈이 눈보라가 되어 휘날렸다.

눈앞이 온통 새하얘졌다. 눈보라가 퍼져서 안개 같은 현상을 만든 것이다.

[광안]

하얀 안광이 두 눈을 감쌌다.

마력으로 구분된 세상에서 울피스트를 정확히 찾아냈다. 방금 공격으로 숨통을 끊지 못할 거란 건 알았다.

점멸로 놈을 쫓았다.

역시나 육감이 엄청나게 발달했는지 점멸로 도달한 내 위치를 단숨에 알아챈다.

"안타깝게도 눈치챘을 땐 이미 늦었어!"

빛의 검이 울피스트의 흉부를 깔끔하게 갈랐다.

울피스트가 울음소리를 흘리며 바닥에 쓰러졌다.

아직 움찔거리는 것이 살아 있다.

심장 위를 꿰뚫었다. 움찔거리던 몸이 바짝 경직되더니 이내 축 늘어졌다.

[레벨 업!]

지금까지 악마 3마리를 잡았는데 레벨이 오른 걸 보면 경험치가 거의 끝자락이었던 모양이다.

능력치를 올리고 울피스트의 머리를 베어 인벤토리에 집어넣었다.

"이제 2마리."

이 페이스면 3시간 내로 끝낼 수 있겠다.

나는 콧노래를 흥얼거리며 다른 악마를 찾기 위해 열심히 움직였다.

그렇게 7마리의 악마를 더 해치우고 한 마리만 남았을 무렵이었다.

"……."

새하얀 눈 위로 늪 같은 어둠이 나타났다.

어둠은 성질 변화를 하는지 늪 같은 질감에서 구름처럼 몽실몽실하게 변했다.

구름 같은 어둠이 꽈배기처럼 반시계 방향으로 회전한다. 그러곤 위로 짧게 솟구치며 그 안에서 누군가 나타났다.

검은 로브를 뒤집어쓴 남자였는데, 등에 커다란 도 한 자루를 짊어지고 있었다.

후드 안으로 보이는 입술이 벌어진다.

"드디어 찾았다."

남자가 그렇게 말했고, 어둠이 흉악한 야수가 되어 나를 집어삼켰다.

"뜬금없이······."

빛이 터져 나온다.

어둠으로 이루어진 야수는 빛을 견디지 못하고 갈기갈기 찢겨졌다.

남자가 몸을 움찔했다. 아주 미약한 움직임이라 눈썰미가 나빴다면 몰랐을 것이다.

나는 허공에 남아 있는 어둠의 잔재를 털어 냈다. 그리고 남자에게 말했다.

"무슨 짓이야, 이 쓰레기 같은 자식아."

말하면서 동시에 공격하는 것도 잊지 않았다.

흑검 아스칼론과 남자의 대도가 충돌했다. 당연히 밀린 건 남자였다.

"선빵 쳤으면 각오는 했겠지?"

[성전 모드:발키리 킬러]

250레벨에 도달하자 생겨난 직업 스킬 '성전 모드:발키리 킬러'.

신화시대, 오델론이 천계의 여전사들을 무참히 도륙하며 손에 얻은 신성살(神聖殺)의 형태다. 비록 지금 내가 사용할 수 있는 성전 모드는 그의 발톱의 때조차 못 되지만 그 정도로도 눈앞의 적은 충분히 압도할 수 있었다.

"큭!"

로브의 남자가 대도로 어떻게든 막으려 했으나 역부족이었다.

발키리 킬러는 일시적으로 모든 능력치를 대폭 상승시켜 주는 강화 스킬. 특히 신성살이라는 특징이 무색하게 신성력은 다른 능력치들보다 2배 더 상승한다. 그만큼 마 속성에 매우 취약해지지만 그건 상대 역시 마찬가지다.

마 속성을 다루는 모양인데, 신성력과 마기는 더 커다란 힘 쪽이 확실한 우위를 잡는다. 지금처럼.

쿵!

발키리 킬러로 살성이 담긴 리히트 블레이드가 남자의 대도를 후려쳤다. 크기는 3배 차이가 나는데, 큰 덩치가 무색하게 대도가 튕겨져 나갔다.

남자가 어둠을 쿠션처럼 몸에 둘렀다.

[광안]

마력을 투시하는 눈이 어둠을 관통한다.

'아무도 없다.'

어둠 속이 텅 비어 있다. 도망칠 수 있는 스킬도 가지고 있는 모양이었다.

사용하는 스킬을 보니 단순한 히든 클래스는 아니다. 좀 더 고차원적인 힘을 다루는, 마치 나와 같은 모양새다.

바닥에 닿은 어둠이 꺼지듯 사라졌다. 그리고 머리 위에서 커다란 위협이 느껴졌다.

[점멸]

대도가 내가 서 있던 곳을 가른다.

남자의 시선이 나를 찾기 위해 분주하게 움직인다.

무릎을 위로 쳐올렸다.

"커헉!"

로브를 뚫고 뾰족한 무릎이 남자의 옆구리에 세게 꽂혔다. 갈비뼈가 모조리 박살 나는 느낌이 무릎 끝에 진하게 남았다.

어둠이 한 번 더 남자를 감싼다.

"못 도망치지."

[아르첸의 장갑:그래비티 포스(Gravity Force)]

지척에서 발생한 거대한 중력파가 남자를 바닥에 꽂았다.

눈밭이 움푹 파이며 남자를 짓이기듯이 중력의 힘이 점점 강해졌다.

[검은 태양의 파편]

뭐 하는 놈인지 모르지만 일단 초주검부터 만들자.

검은 태양의 파편이 중력 속에서 허우적거리는 남자 위로 떨어졌다. 어둠이 번쩍하며 그가 서 있는 공간이 통째로 암전되었다.

깜깜해진 세상에서 남자가 고개를 들었다.

[다크 드레인(Dark Drain)]

검은 태양의 파편에서 탄생한 어둠이 남자에게 빨려 들어가기 시작했다.

설마 어둠을 흡수할 거라곤 생각도 못했다. 경악스러웠다.

다급하게 빛의 파동으로 어둠을 몰아내려고 했지만,

[블랙 미러(Black Mirror)]

흡수된 어둠이 거대한 흑빛 거울이 되어 빛의 파동을 고스란히 집어삼켰다.

남자가 다시 대도를 고쳐 쥐었다.

찢겨진 로브의 후드 사이로 붉은 안광이 번들거린다.

펄럭, 로브가 갑작스레 불어온 돌풍에 휘날렸다.

"내 차례다."

흑빛의 거울에서 빛의 파동이 쏘아졌다. 흡수, 반사 계열의 스킬인 모양이었다.

조금 놀랐지만 딱 그 정도.

빛의 파동이 코앞에 도달한 순간 왼팔을 휘둘러 가볍게 쳐냈다.

콰앙! 충격파가 일대를 흔들었다. 그러나 요란한 폭음과 달리 나한텐 아무런 피해도 오지 않았다.

남자는 예상치 못했다는 듯 다음 공격을 준비했다.

발밑에서 시작된 어둠이 남자를 집어삼켰다. 등 뒤로 박쥐 날개 같은 것이 튀어나오더니 수십 개의 채찍이 내게 쇄도했다.

[배척하는 성역]

흠집 가득한 갑옷이 발광하더니 반경 10미터의 성역이 펼쳐졌다.

마기로 가득한 채찍들은 성역을 넘지 못하고 거짓말처럼 소멸했다.

모든 마를 거부하며, 시전자 또한 수많은 리스크를 감수해야 하는 배척하는 성역은 그리 좋은 스킬이 아니다. 그러나 지금처럼 상대가 노골적으로 마기를 흩뿌린다면 얘기가 달라진다.

채찍이 모두 사라지자 남자가 당황한 게 보였다.

"네가 보여 줄 건 그게 끝이야?"

"くそ(젠장)!"

"일본인? 아니, 어차피 자동 통역인데 일본어를 왜 쓰는 거야?"

"닥쳐!"

별 희한한 놈 다 보겠다. 방금은 일본어를 쓰더니 지금은 자동 통역 시스템을 쓰고 있다.

 내가 알기로 설정을 계속 바꿔야 할 텐데. 그게 아니면 자기 입으로 '쿠쏘!'라고 한 거야?

 진짜 그런 거면 지금까지 보여 준 모습보다 더 충격적이다. 나는 입술을 비집고 튀어나오려는 웃음을 참지 못했다.

"푸하하!"

"왜, 왜 웃냐!"

"크크큭! 이거 진짜 골 때리는 놈이네."

"바카야로! 날 비웃는 것이냐!"

"아, 됐다, 됐어. 시간 그만 끌자."

 점멸로 단숨에 놈의 코앞으로 이동했다.

 내가 갑자기 나타나자 놀랐는지 기겁하며 엉덩방아를 찧었다. 그 모습이 또 엄청 웃겼다.

 나는 조소를 지으며 아스칼론을 휘둘렀다.

 어둠으로 어떻게든 공격은 막았지만 압도적인 신성력 앞에서 그는 아무것도 하지 못했다. 거기다 성역 안으로 들어온 상태라 마기를 끌어 올려도 허무하게 소멸할 뿐이었다.

"마, 말도 안 돼!"

"팔다리부터 자르고 시작해 보자고."

"코로쓰! 코로쓰!"

 이미 로브는 안중에도 없는지 놈의 얼굴이 고스란히 보

였다.

무지개 머리에 빨강과 파란색으로 나뉜 오드 아이, 귀에는 형형색색의 귀걸이가 주렁주렁, 손가락엔 의미도 없는 반지가 잔뜩. 무엇보다 목과 오른쪽 볼을 잇고 있는 일본어 문신과 오른손에 두른 붕대는 그가 어떤 사람인지 대강 알려 주었다.

"오타쿠… 나?"

"아, 아니야!"

"취향이라면 이해해 줄 수 있는데……."

"이익! 분명 이렇게 강하지 않을 거라고 했는데……. 이렇게 안 세다고 분명……!"

그는 내 말을 듣지도 않고 혼자 중얼거리기 시작했다.

"지금의 나라면 충분히 이길 수 있다고 했잖아……. 랭킹 4위도 이 손으로 직접 쓰러뜨렸는데……."

그러더니 혼자 울먹이기 시작했다.

얼굴을 자세히 보니 꽤 앳됐다. 이제 막 고등학교에 올라온 듯한 외모였다. 피부가 살짝 하얗지만 이건 설정으로 어떻게든 할 수 있다.

이목구비도 꽤 익숙한 것이 동양인이 분명하다. 일본어를 그런 식으로 구사하는 걸 보면 일본인은 절대 아니다.

"너 한국인이냐?"

흠칫!

한국인이 맞는 모양이다.

"고등학생?"

흠칫!

이것도 맞는 모양이다.

그런데 지금은 학교에 있을 시간인데, 어떻게 게임에 접속해 있는지 모르겠다. 자퇴생일 수도 있겠다.

그건 사적인 문제니 넘어가도록 하자.

그보다 녀석의 힘에 초점을 맞추었다.

녀석이 다루는 힘은 분명 마기였다. 그것도 제법 수준이 높았는데, 레벨이 비슷했다면 나와 대등했을지도 모르겠다.

'일단 전생에 봤던 얼굴은 아니야.'

한가락 했던 유저라면 내가 모를 수가 없다. 특히 무지개 머리에 오드아이라면 엄청나게 유명했을 것이다.

대체 이런 놈이 어디에 숨어 있었던 걸까?

'랭킹 4위를 잡았다고 했어.'

지금 랭킹 4위는 콘페이토였다.

레벨은 비슷하지만 이것저것 차이가 많이 나 전투력 부분에선 나보다 한참 아래다.

그렇다고 약한 건 아니었다. 오히려 홀리 가디언에선 전투력 한정으로 상위 20위 안엔 거뜬히 들 것이다.

성역과 발키리 킬러를 해제했다.

놈은 아직도 울먹이며 혼자 중얼거리고 있었다.

"콘페이토를 어떻게 쓰러트렸지?"

자기만의 세계에 빠졌는지 대답하지 않는다.

"콘페이토를 어떻게 쓰러트렸지?"

한 번 더 물었지만 역시나 대답하지 않았다.

나는 지체하지 않고 놈의 배를 힘껏 찼다.

"꺽!"

놈이 트림인지 비명인지 알 수 없는 소리를 질렀다.

놀람과 충격 때문에 난 소리였다. 실제로 통증은 그리 크지 않을 것이다.

그에게 다가가 무지개색 머리카락을 우악스럽게 움켜쥐었다. 머리가 강제적으로 위로 짓쳐 들렸다.

"말해."

"으으······."

공포에 젖은 눈이 애처롭다.

그렇다고 봐줄 정도로 나는 착한 위인이 아니었다. 무력해진 상대를 죽일 정도로 매정하진 않지만 들어야 할 게 있는 이상 손속에 자비를 두는 성격도 아니다.

손바닥으로 뺨을 힘껏 쳤다. 짝! 소리가 눈밭에 요란하게 퍼졌다.

"크헉!"

"말해."

"스, 스킬로······."

"클래스가 뭐야."

"……."

짝!

한 번 더 쳤다.

입술이 터지며 이빨 몇 개가 뽑혀 나왔다. 턱을 타고 피가 줄줄 새며 눈 위를 붉게 적셨다.

다시 말하지만 통증은 거의 없다. 다만 심리적인 효과는 충분하리라.

"클래스가 뭐야."

"마, 마왕……."

"마왕?"

"마왕 후보자요……. 흐어엉!"

그는 대답을 마치곤 애처럼 울기 시작했다.

머리카락을 놓고 그를 쳐다보았다.

클래스명이 마왕 후보자라고 한다.

한 번도 들어 본 적 없는 클래스명이었다. 마치 광전사(眞)처럼 말이다.

✠ ✠ ✠

"그러니까 나를 죽이라고 했다고? 누가?"

"마, 마왕이……."

남자, 타가스기는 우물쭈물하며 대답했다.

 내 예상처럼 그는 이제 18살이 된 대한민국의 고등학생이었다. 아, 자퇴를 했으니 이제 고등학생은 아니지만 미성년자는 맞았다.

 닉네임을 왜 그렇게 지었냐고 물어보니 애니메이션 주인공이 멋져서란 대답이 들려왔다.

 타가스기란 이름을 어디서 들어 봤나 했더니, 오래전 해결사를 소재로 한 애니메이션에 나오는 악역 이름이었다.

 내가 생각했던 대로 창식이는 오타쿠가 맞았다.

 여기까진 좋았다. 웃기기도 했고, 어떤 놈인지 대충 알 수 있었으니까.

 문제는 지금부터였다.

 "마왕… 이?"

 "예……."

 타가스기, 한국 이름으론 창식이가 힘없이 대답했다.

 마왕이 날 어떻게 알고 죽이라 명령한단 말인가. 설마 오델론에서부터 이어져 온 악연 같은 걸까?

 충분히 일리 있는 추론이었다.

 인상을 찌푸리자 창식이가 내 눈치를 살피기 시작했다.

 "저……."

 "왜?"

 "그……."

무슨 할 말이 있는지 엄청나게 뜸을 들인다.

노골적으로 짜증 내는 얼굴을 하자 창식이가 기겁하며 말했다.

"하, 한 번만 죽어 주시면 안 돼요?"

"뒤질래?"

"…죄송합니다."

그러곤 금방 풀이 죽어 고개를 숙인다. 잘 익은 벼 같은 녀석이다.

"그런데 마왕과는 어떤 관계야? 아직까지 마왕과 관련된 떡밥은 본 적이 없는데."

회귀자인 내가 모르는 건 없지만 지금은 자연스럽게 1회차 플레이어인 척해야 한다.

창식이가 눈치를 살살 살피며 설명을 시작했다.

"두 달 전이었어요. 전 평범한 전사 클래스였는데……."

✥ ✥ ✥

"키리코 님."

"들어와라."

난쟁이가 연구실 문을 열고 안으로 들어갔다. 그곳엔 완성된 몸과 완벽히 동화된 키리코가 끔찍한 형태의 몸뚱이를 만지작거리고 있었다.

그는 오른팔에서 튀어나온 수많은 곤충 다리를 피부 속으로 집어넣었다.

"어떻게 됐지?"

"직접 왔습니다."

"오호? 크히히! 겁도 없는 놈이로구나! 들어오라고 해."

난쟁이가 나가고 얼마 안 가 인간 하나가 연구실로 들어왔다.

키리코가 그를 힐긋 보더니 흥미롭다는 얼굴로 눈을 빛냈다.

"이거 아주 훌륭하구나."

"시끄럽다."

인간은 불쾌한 눈으로 키리코를 노려보았다. 그의 품엔 도 한 자루가 들려 있었는데, 꽤나 격 높은 귀기가 흐르고 있었다.

키리코는 눈웃음을 지으며 다시 흉측한 몸뚱이를 건드리기 시작했다.

"그래, 그 꼬맹이는 어떻게 하고 있지?"

"그곳으로 갔다."

"쓰러트릴 가능성은?"

"없어."

인간이 단호하게 대답했다.

키리코는 부정하지 않았다.

마왕 후보라고 하지만 그 힘은 아직 미천하다. 모험가이니 엄청난 속도로 성장하겠지만 그건 '알딘' 역시 마찬가지.

특히나 눈앞의 인간은 알딘과 직접 맞부딪쳐 본 경험이 있었다.

'어디서 이런 복덩이가 굴러왔는지.'

이 인간도 모험가다. 그것도 모험가 중에서 강한 축에 속한다.

노멀한 상태의 자신이라면 그를 쓰러트릴 자신이 없었다. 노멀한 상태라면 말이다.

"그럼 그쪽도 갔어야 하는 거 아닌가?"

"내가 왜."

"패배한 전적이 있잖아?"

"같잖은 도발엔 안 넘어간다."

"크큭! 그래?"

인간, 세토가 벌레 보듯 키리코를 보았다.

그는 왜 자신이 이런 몬스터들과 함께하게 된 건지 지금 생각해 봐도 이해가 안 되었다.

'그래도 힘을 빨리 기를 수 있으니.'

그때까진 이곳에서 참고 버티리라.

세토의 입가에 희미한 미소가 그려졌다. 키리코는 그의 미소를 아쉽게도 보지 못했다.

✠ ✠ ✠

"그렇게 된 거예요."

"그러니까 검은 바위산에서 이름 모를 돌을 주웠는데, 그게 마계와 연결된 문의 열쇠였다고?"

"네."

"그걸 이용해 마계로 갔더니 칠흑의 마왕 앞이었고, 칠흑의 마왕이 기다렸다면서 널 후보자로 만든 거고?"

"그렇죠."

에픽 클래스다.

창식이가 스스로 에픽 클래스라고 밝히진 않았지만 정황상 에픽 클래스가 분명했다.

애당초 마왕 후보자라는 클래스였다.

그래도 혹시 모르니 물어보았다.

"에픽 클래스냐?"

"……!"

창식이의 얼굴이 경악으로 물들었다. 그걸 어떻게 아냐는 듯한 표정이었다.

"혀, 형도?"

"또 다른 에픽 클래스라……. 나 말고도 있을 거라 생각은 했지만."

"어쩐지……. 말도 안 되게 강하시더라니."

창식이는 납득한 얼굴로 혼자 고개를 끄덕였다.

그보다 나는 창식이의 클래스에 집중했다.

마왕 후보자는 해당 마왕의 모든 힘을 이어받을 자격이 있는 클래스다.

마왕은 오델론에게도 밀리지 않는 세계관 최강자들. 특히 창식이의 배후에 있는 칠흑의 마왕에 대해선 나도 제법 많은 걸 알고 있었다.

'마계가 처음 열렸을 때 모험가들을 맞이한 마왕이 그놈이었지.'

어지간한 난적들을 쓰러트려 온 모험가들에게 있어 칠흑의 마왕은 넘을 수 없는 벽이었고, 산이었다.

시작은 여덟 번째 메인 스트림.

그때의 기억은 아직도 생생했다.

'흑룡'이 막 세계에 발돋움하던 시절, 당연하게도 우리는 메인 스트림에 도전했다.

결과는 처참한 실패. 칠흑의 마왕은 초반을 제외하곤 등장한 적도 없건만, 휘하의 악마들만으로 '흑룡'은 초토화당했다.

그나마 아홉 번째에서 크게 활약해 다시 입지를 되찾았지만, 열 번째 메인 스트림 '지옥의 군주'는 칠흑의 마왕의 독무대였다.

오델론이 처음 등장했던 시기도 그 무렵이었다.

칠흑의 마왕은 분명한 오델론의 적이었다. 그렇다고 그들의 악연이 오래된 것은 아니었다.

'그걸 악연이라고 할 수 있나?'

오델론은 계시란 걸 받고 모험가를 돕기 위해 나타났다고 기억한다.

'광인이란 콘셉트 때문에 돕긴커녕 더 많은 모험가들이 죽어 나갔지만.'

내가 아는 오델론이라면 충분히 그럴 만한 위인이었다.

하여튼 중요한 건 이게 아니고.

오델론은 계시 때문에 왔으니 그들의 악연은 열 번째 메인 스트림에서 시작된다고 볼 수 있다.

지금 시점에서 칠흑의 마왕이 나를 노릴 이유가 전혀 없었다. 특히 죽여도 득 될 게 없는 모험가라는 걸 안다면 더욱이.

일단 지금 확정적으로 알 수 있는 사실은 창식이의 등장으로 미래가 바뀌었다는 것과 칠흑의 마왕이 그를 통해 나를 죽이려 한다는 것이다.

"야, 칠흑의 마왕이 왜 나를 노리는 거냐?"

"어…… 그게……."

"콱! 안 말해?"

"키, 키리코요! 키리코가 마왕님이랑 대화를 나누더니 저보고 형을 죽이라고 했어요."

아까 전에 호칭 정리를 한 터라 창식이는 꼬박꼬박 내게 형이라고 불렀다.

"키리코라고?"

"예……."

키리코는 칠흑의 마왕과 접점이 없을 텐데?

아니, 오히려 놈의 배후에 있는 굴레의 마왕과 칠흑의 마왕은 사이가 굉장히 안 좋았다.

"키리코라면 몬스터 아니야?"

짐짓 모른다는 투로 묻자 창식이는 대수롭지 않게 고개를 주억였다.

"맞아요. 어떻게 아세요?"

"고블리토리움에서 싸웠던 적이 있거든."

이번 생에서 직접 경험했던 일이라 굳이 숨기지 않았다. 비록 그 사실을 아는 유저가 없더라도 말이다.

"헐……. 대박."

외형은 중2병 그 자체면서 말하는 걸 보면 또 그 나이대 어린애 같다.

"근데 그런 놈이랑 엮였단 말이야? 몬스터랑?"

"따지고 보면 마왕도 몬스터잖아요."

이놈 핵심을 찌르네.

나는 괜히 민망해져 헛기침을 했다.

"그래서 키리코가 뭐라고 했기에 날 죽이라고 한 거야?"

"그냥 평범한 도발이었어요. 제가 봤을 때는요."

"도발?"

"네. 키리코가 수식어는 기억이 안 나는데 무슨 마왕의 명령을 받고 서신 한 장을 마왕님께 줬거든요. 근데 그걸 보더니 엄청 노발대발하시더라고요. 저도 보여 달라고 해서 봤는데, 그냥 형이랑 저를 엄청 비교하는 글이 적혀 있었어요. 대부분 마왕님을 깎아내리면서 저 따위가 형을 절대 이길 수 없다, 모험가 중 최강은 알딘이다, 뭐 그런 거요."

칠흑의 마왕은 분노의 마왕 다음으로 다혈질이 심하다. 거기다 자신이 아끼는 후보자까지 욕보였으니 당연히 뿔이 났을 터.

"아, 맞다. 못 믿겠으면 내기하자는 말도 추신으로 달려 있었어요."

아주 심플하면서도 칠흑의 마왕의 성향을 잘 파악한 도발이었다.

'키리코에게 명령을 내릴 정도의 마왕이라면 총 3명이었나?'

숫자까진 기억나지 않는다. 그러나 마왕 간의 격차는 확실히 기억하고 있었다. 그중에서 칠흑의 마왕에게 저런 서신을 보낼 정도로 격 높은 마왕은 단 한 명뿐.

'굴레의 마왕이구나.'

키리코는 굴레의 마왕을 통해 칠흑의 마왕을 도발한 것이다.

"무슨 내기였지?"

"진 사람은 이긴 사람이 원하는 영지를 내어 준다는 내기였어요."

엄청 빡센 내기였다.

아무리 다혈질이라지만 이런 말도 안 되는 내기를 칠흑의 마왕이 받아들일 줄은 몰랐다. 다른 마왕이었다면 나에 대해 조사를 하고 진행했을 것이다.

'그러지 않을 거란 걸 아니까 도발한 거겠지.'

키리코, 아주 영악한 새끼다.

그런데 의문이 하나 들었다.

키리코는 왜 뜬금없이 지금 시점에 나를 노린 것일까? 설마 고블리토리움에서의 악연 때문인가?

불가능한 생각은 아니었다. 때마침 이용할 만한 마왕 후보자라는 모험가도 나타났겠다, 절호의 찬스라고 생각했을지도 모른다.

"참."

"또 왜?"

"유저 중에 조력자가 한 명 있어요."

"너한테?"

"음……. 저보단 키리코한테요."

이건 또 무슨 해괴망측한 소리인가!

창식이처럼 몬스터들과 관련된 클래스일까?

그렇다면 또 다른 에픽 클래스일 수도 있겠다.

전생엔 몇 없던 에픽 클래스가 1년밖에 안 된 시점에 우후죽순처럼 솟아나는 기분이다.

"그자도 너처럼 에픽 클래스냐?"

"그건 아니었어요."

"그렇지?"

안도의 한숨을 내쉬었다.

하긴 에픽 클래스라는 게 길가에 놓인 돌맹이도 아니고, 그렇게 많을 리가 없었다.

"그런데 엄청나게 강했어요. 솔직히 지금의 저도 이기기 힘든 수준이었거든요."

"나랑 비교했을 땐."

"형이 더 강해요."

그렇다면 상관없다. 아마도 전투에 특화된 히든 클래스일 것이다.

들어 보니 창식이의 레벨은 이제 200을 갓 넘긴 수준이었다. 이번에 나를 잡는다고 마왕이 기간제 후원을 두둑하게 한 모양인지 어지간한 랭커보다 더 강한 모양이긴 하지만,

'한계는 있지.'

현 레벨대를 초월한 유저들은 꽤 많다. 창식이의 수준은 최상위권에 도달하기엔 부족한 부분이 많았다. 에픽 클래스 특성상 점점 말도 안 되는 페이스로 성장하겠지만 말이다.

"조력자라······."

전생에 키리코한테 유저 조력자는 없었다. 있었을 수도 있지만 알려진 조력자는 없다고 확신할 수 있었다.

'또 바뀐다.'

이건 또 어느 부분에서 나비효과가 발생한 것일까?

내가 회귀자인 이상 원인이 나라는 건 이제 부정할 수 없는 사실이었다.

창식이의 존재도 나로 인한 나비효과의 결과물이 분명했다. 또 다른 회귀자가 없다면 말이다.

'메인 스트림의 전조는 아니겠지?'

세 번째 메인 스트림의 전조는 1년 후에나 시작된다.

1, 2번째 메인 스트림과 다르게 많은 준비가 필요했다. 유저에겐 성장할 시간이, 게임사에겐 보다 탄탄한 진행을 위한 시간이 말이다.

클라이맥스의 키리코는 모든 스폰서들의 힘을 받아 400레벨 전후의 강력한 레이드 몬스터가 된다. 그것도 초대형으로 분류되며, 단위 수 100이 넘어가는 유저들이 레이드에 참전한다.

그런데 이런 식으로 꼬인다면 총체적 난국이 되어 버린다.

불법이 아닌 이상 게임사가 관여하지도 않는다. 미래에 대한 메리트도 사라지고, 사실상 회귀자의 이점이 없는 것이나 다름없다.

다른 건 몰라도 메인 스트림의 독식은 절대 포기할 수 없다.

'아마 메인 스트림은 기존대로 진행될 거야.'

확신은 아니었지만 네 번째 메인 스트림과 자연스럽게 이어지니 게임사도 어떻게든 조율하리라.

반드시 그래야 한다.

그리고 이 추측을 뒷받침하는 근거도 있었다.

'내가 들고 있는 신화의 잔재 퀘스트는 아직도 유효해.'

제한 시간 3년. 그 안에 신화의 잔재를 처리하라는 퀘스트다.

당연히 처리할 수 있는 방법이 없으니 지금부터 2년은 더 기다려야 퀘스트가 실패된다. 그때가 신화의 잔재가 부활하는 날일 테고, 키리코가 죽는 날이 될 것이다.

'이건 나중에 생각하고.'

내가 복잡한 얼굴을 하고 있을 때 창식이가 말을 걸어왔다.

"저… 형."

"어?"

"전 어떻게 하죠?"

"음……."

그러고 보니 창식이도 문제다.

창식이가 나를 죽이든 못 죽이든 결국 키리코한테 득이 되는 상황.

놈한테 이득을 주는 건 왠지 싫었다.

'잠깐.'

번쩍! 하고 머릿속으로 한 가지 좋은 아이디어가 떠올랐다.

나는 장난기 가득한 미소를 입가에 머금고 말했다.

"창식아, 내가 아주 재밌는 생각을 떠올렸는데 한번 들어 봐라."

내 음흉한 얼굴에 창식이가 어깨를 부르르 떨었다.

※ ※ ※

음울하고 찐득한 어둠으로 뒤덮인 대지. 그곳에 썩어 문드러진 사기(死氣)로 이루어진 성 한 채가 지어져 있었다.

성 주변엔 온갖 언데드들이 돌아다니고 있었는데, 그중엔 현재 플레이어들의 수준으로 절대 대적할 수 없는 언데드도 잔뜩 있었다.

[데스나이트][342레벨]

가스 형태의 어둠이 가득 들어찬 갑옷을 입고 덜그럭거리며 돌아다니는 데스나이트는 언데드 중에서 귀여운 수준이었다.

[구울 킹][410레벨]

모든 구울들의 왕이라는 구울 킹은 데스나이트보다 사정이 조금 나을 뿐, 처지가 크게 다르지 않았다.

[본 드레이크] [507레벨]

살아 있는 드레이크만 못하지만 본 드레이크는 그래도 고개는 들고 다닌다. 어깨는 펴지 못하지만.

[벤시] [630레벨]

사악한 악귀 벤시쯤 되어야 어깨를 펴고 다니는데, 목소리를 높이기엔 무리가 있었다.

[본 드래곤] [755레벨]

피막은 없지만 거대한 뼈로 이루어진 날개를 펼치며 어둠이 가득 흐르는 창공을 누비는 본 드래곤은 이곳에서도 분명한 강자였다. 다만 절대자들에 비하면 한낱 조무래기에 불과했다.

"그래, 승리했다고?"

검보랏빛 연기가 끊임없이 피어오르는 사악한 존재가 고풍스러운 느낌의 왕좌에 앉아 있다. 존재에겐 표정이 없었지만 목소리의 톤은 제법 밝았다.

"…네."

존재의 맞은편에서 익숙한 얼굴이 불편한 목소리로 대답했다. 창식이었다.

창식은 눈앞의 존재를 힐끔 보았다.

[칠흑의 마왕] [???레벨]

창식이에게 힘을 주는 존재이자 '마계'에서도 최상위권에 속하는 마왕. 바로 마계를 지배하는 열두 마왕 중 하나인 칠흑의 마왕이었다.

현재 그는 창식이가 건넨 종이를 보며 낄낄거리고 있었다.

"그래, 내 힘을 이어받을 놈이라면 이 정도는 해 줘야지!"

"죽이지 못해 죄송합니다."

"아니, 충분히 이해하는 부분이다. 굴레, 그 쓰레기 새끼가 그 정도로 도발한 걸 보면 그만한 자격이 있었다는 거겠지. 이걸 얻어 온 것만으로 충분하다."

칠흑의 마왕이 손에 들린 종이를 흔들었다.

그것은 항복 문서였다. 창식과 알딘이 키리코를 엿 먹이기 위해 만들어 낸 문서였다.

광전사가 죽지 않아!

 무한한 순환이 이어지는 거대한 성채. 그곳의 주인은 현재 매우 열이 받은 상태였다.

 수레바퀴 같은 추상적인 형태의 존재는 표정을 알 수 없음에도 화가 난 게 보였다.

 ((그걸 말이라고 하는 것이냐!))

 존재가 소리를 지르자 무한한 순환의 흐름이 일순간 어긋나기 시작했다. 그러나 얼마 지나지 않아 흐름은 금세 제자리를 되찾고 아무 일 없었다는 듯 다시 흐르기 시작했다.

 존재의 앞에 선 광인은 몸을 흠칫 떨었다.

 존재가 발산한 끔찍한 살기에 비하면 미미한 반응이었다. 그것은 배려였다. 만약 존재가 진심으로 광인을 죽일 생각으로 살기를 발산했다면 이미 사라지고 없어야 한다.

광인, 키리코가 뵐 낯이 없다는 듯 고개를 숙였다.

"죄, 죄송합니다……."

((네가 무슨 짓을 한 건진 아나?))

존재, 굴레의 마왕은 수레바퀴 같은 형체를 크게 일렁였다.

그는 키리코의 감언이설에 속아 칠흑의 마왕에게 내기를 건 도발을 했다가 패배하고 말았다.

다른 마왕에게 패배했다면 화는 났어도 이 정도로 분노하진 않았을 것이다.

그러나 칠흑의 마왕은 다르다. 그에겐 사소한 거라도 절대 져서는 안 됐다. 그런데 엄청난 조건이 걸린 내기에서 패배하고 말았다.

((그 머저리 같은 자식이 어떤 땅을 요구했는지 아느냐?))

내기의 조건은 패자가 다스리는 땅 중 승자가 원하는 땅을 내주는 것. 이것만으로 혈압이 상승해 죽을 것만 같은데, 칠흑의 마왕이 요구한 땅은 노른자 중에서도 노른자였다.

((아카데시아는 오리하르콘이 채굴되는 몇 안 되는 마계의 지역이다. 칠흑, 그 잡놈은 내게 그 땅을 요구했어. 이게 무슨 말인지 아느냐고!))

쿠웅!

순환의 흐름이 다시 한 번 뒤틀렸다.

이번만큼은 키리코도 서 있을 수 없었다.

찍어 누르는 살기와 압박감은 수백 배 늘어난 중력이 되어 그의 무릎을 땅바닥에 찧게 했다. 양팔로 바닥을 짚었지만 그의 관절로는 버티는 것조차 할 수 없었다.

팔뼈가 으스러지며 얼굴이 바닥에 처박힌다. 인공적으로 만들어진 피부가 유리처럼 깨져 나갔다.

"크윽……."

신음을 흘리는 것조차 버겁다.

굴레의 마왕은 그의 뒤를 봐주는 가장 커다란 스폰서 중 하나다. 이번 일로 그가 등을 돌린다면 엄청난 타격을 입는 것이나 다름없었다.

"기, 기회를 주십시오!"

((기회? 어떤 기회! 기회를 주면 아카데시아를 다시 찾아올 수 있다는 말이냐?))

"그, 그렇습니다!"

((닥쳐라! 고작 그따위 것을 기회라 논하지 말라! 그저 가지고 있던 것을 되찾는 것뿐이잖느냐?))

키리코는 눈을 질끈 감았다.

그는 오래전 보았던 알딘의 얼굴을 떠올렸다.

그 개자식 때문에 모든 일이 틀어지려고 한다.

'고작 그런 햇병아리한테 지는 게 말이 돼?'

아무리 마왕 후보자라 해도 알딘을 쓰러트리는 건 불가능하다는 게 주변의 평가였다. 그와 직접 겨루었던 세토마

저 불가능하다 단정 지을 정도였다.

설마 예상을 넘어설 정도로 마왕 후보자가 강력했다는 것일까?

'아니야.'

확신할 수 없지만 그의 직감은 알딘이 패배하지 않았다고 말하고 있었다.

분명 모종의 거래가 있었다. 증거는 없지만 분명 그럴 터였다.

아니, 그래야만 했다. 그래야 이 자리에서 죽음을 모면하고, 나아가 본래의 신용을 회복할 수 있다.

"그, 그들이 거짓말을 한 것이라면요?"

((뭐라?))

"만약… 증거는 없지만 그들이 짜고 쳤다면?"

((헛소리. 항복 문서를 받아 냈다. 그것도 마력으로 집필한 항복 문서 말이다!))

마력을 이용한 서약은 절대 불변의 법칙을 갖게 된다. 상호 동의하에 문서를 파쇄할 수 있지만 그 절차가 몹시 까다롭고 어렵다. 짜고 쳤다기엔 서로에게 걸린 게 너무 크다.

"하지만… 그들은 모험가입니다."

((……!))

굴레의 마왕을 이루는 기운이 일순 흔들렸다.

굴레의 마왕조차 순환 속에서 불멸을 찾은 거라 완전하

다 말할 수는 없었다. 그러나 모험가들은 그의 불멸보다 한 차원 높은 불멸을 가지고 있었다. 죽어도 결국 되살아나는 소생의 힘은 순환의 힘으로 설명할 수 없었다.

키리코가 힘겹게 고개를 들었다.

굴레의 마왕이 쏟아 내는 살기와 압박은 조금도 줄어들지 않은 탓에 목뼈가 어긋나고 모든 신경계가 박살 났다. 그럼에도 꾹 참고 입을 열었다.

"모험가라면 마력을 사용한 서약 따위, 없는 셈 칠 수 있습니다."

그의 말처럼 모험가들에게 마력 서약은 불편할 뿐, 절대적인 건 아니었다. 키리코는 그 점을 정확히 꿰뚫어 보았다.

사실 아무리 그라도 이런 부분까지 떠올리지 못했다. 목숨에 위협이 없었다면 아마 쭉 그랬을 것이다.

((그래서 어쩌자는 거냐?))

살기가 한층 누그러졌다.

키리코는 압박감에서 풀려나자 전신의 뼈가 박살 났다는 걸 깨달았다.

아무리 인공적인 육체라도 완전히 재생시키는 건 그로서도 불가능한 영역이다.

굴레의 마왕이 한심하단 얼굴로 그를 지탄했다.

((한심한 놈. 그깟 단순한 몸뚱이도 수복하지 못한단 말이냐?))

"도, 도구가 있다면……."

((시끄럽다! 도구에 의존하는 나약한 놈 같으니라고. 대체 내가 뭘 믿고 네놈을 후원해 줘야 한단 말이냐?))

"죄, 죄송……."

((쯧! 내가 자유롭게 움직일 수만 있었다면 네놈 같은 건 진즉 치워 버렸음을 잊지 말라.))

그러면서 굴레의 마왕이 손가락을 튕겼다.

키리코의 부서진 육체가 거짓말처럼 수복되었다. 상처 하나 남긴커녕 이전보다 힘이 더 강해졌다.

((이제 말하라. 어쩌자는 것이냐?))

"어떻게 해서든 증거를 찾아오겠습니다."

((무슨 수로?))

"수를 찾으려면 얼마든지 있지요."

키리코의 눈이 표독스럽게 번들거렸다.

굴레의 마왕의 몸에 2개의 눈이 떠올랐다. 눈이라기엔 안광 수준이었지만 남색으로 타오르는 두 눈은 불길함을 안고 있었다.

((반드시 그래야 할 것이야.))

"꼭 성공하겠습니다. 만약 증거만 얻을 수 있다면… 잃은 걸 되찾는 건 물론이고 칠흑의 마왕에게도 엄청난 타격을 입힐 수 있을 겁니다. 덤으로……."

((마왕 후보자 역시 잃게 되겠지. 자신의 손으로 직접!))

굴레의 마왕이 크게 웃음을 터트렸다.

키리코는 같이 웃어 주는 시늉을 했지만 실제론 속이 타 들어 가고 있었다. 말은 했지만 증거를 어떻게 찾아야 할지 벌써부터 막막해지기 시작했다.

✥ ✥ ✥

(그렇게 됐어요, 형.)

"크하하! 잘했다."

나는 창식이가 전한 말을 듣고 크게 웃음을 터트렸다. 우리가 짜고 친 마력 서약이 아무래도 제대로 통한 모양이었다.

지금쯤 키리코는 굴레의 마왕에게 죽도록 까이고 있을 것이다. 직접 못 보는 게 아쉬웠지만 이 정도로도 엄청난 통쾌함을 얻을 수 있었다.

'개자식! 그러니까 누굴 건드려?'

"계속 소식 전해 줘."

(네.)

나랑 달리 창식이는 칠흑의 마왕의 허락하에 아무런 제약 없이 마계를 들락날락할 수 있었다.

마계에 있으면 보다 쉽게 키리코나 굴레의 마왕과 관련된 소식을 얻을 수 있으리라.

나는 손에 들린 서약서 한 장을 보았다.

"후훗!"

설마 내가 딸랑 항복 문서만 적었을 리는 만무. 짜고 친다 해도 절대적으로 내가 이득을 봐야 한다.

지금 손에 들린 이 문서엔 칠흑의 마왕의 손에 들어간 항복 문서의 내용이 모두 거짓이라는 내용이 적혀 있었다.

"크히히!"

즉, 이 문서가 내 손에 있는 한 항복 문서는 아무런 효력도 발휘할 수 없다.

조심히 인벤토리에 집어넣었다.

'그래도 방심은 금물이야.'

키리코는 내가 본 적들 중에 상당히 영악한 편에 속한다.

창식이를 통해 나를 괴롭히려는 계획을 짜기까지 정말 많은 준비를 했겠지.

내가 창식이를 이길 거라는 절대적인 확신도 있었을 터다.

지금도 그 사실을 믿지 못하고 있을 게 눈에 훤했다. 아마 자신의 억울함을 증명하기 위해 증거를 찾으려고 들 게 분명하다.

하지만 절대 찾지 못할 것이다. 인벤토리에 집어넣은 문서는 오늘부로 절대 꺼낼 생각이 없으니까.

나는 칼리번까지 가벼운 걸음으로 이동했다.

※ ※ ※

"세상에……."

칼리번의 주인, 아서 백작은 믿을 수 없다는 듯 자신의 눈을 연신 비볐다.

"모두 10마리. 완벽하게 사냥해 왔습니다."

나는 바닥에 굴러다니는 악마들의 머리를 가리켰다.

아서 백작이 홀린 사람처럼 고개를 끄덕인다.

"대, 대단하군."

"이까짓 악마들, 별것도 아닙니다."

그리 말하며 흑검으로 악마의 머리를 쿡쿡 찔렀다.

아서가 '과연…….'이라 중얼거렸다.

"그대 정도면 충분하겠군. 시험해서 미안하네."

"이해합니다."

[띠링! '찜찜한 아서의 시험' 퀘스트를 클리어하셨습니다!]

[경험치를 획득했습니다.]

[1,000골드를 획득했습니다.]

"내가… 부탁 하나만 하겠네."

아서가 짐짓 심각한 목소리로 말을 이었다.

"우리를 도와주게나."

[막막한 아서의 부탁]

칼리번의 주인이자 포스칼 왕국 백작위에 앉아 있는 아서는 요즘 막막한 시기를 보내고 있습니다. 영지를 끊임없이 공격하는 악마들 때문입니다.

수차례 기사단을 이끌어 악마를 토벌해 보고 왕국에서도 많은 지원을 보내 줬지만 번번이 실패했습니다.

그러다 악마들의 배후에 지휘관이 있다는 걸 알아냈습니다. 하지만 지휘관 악마는 그들의 수준으로 감당하기 어려웠고, 신출귀몰하여 추적하는 것도 불가능했습니다.

아서는 당신을 마지막 동아줄이라고 생각하고 있습니다.

그를 도와주십시오.

보상:아서의 보물 중 택 1

[퀘스트를 수락하시겠습니까? (Yes/No)]

손쉬운 퀘스트다. 아, 당연히 나한테만 해당하는 말이다. 거침없이 'Yes'를 터치했다.

"오오……! 고맙네!"

"지휘관 악마인지 뭔지 모르겠지만 제가 목을 베어 오겠습니다."

"믿음직스럽군! 자네에게 요정의 가호가 함께하기를."

[띠링! '요정의 가호'가 퀘스트 진행 동안 당신을 지켜 줍니다.]

[모든 능력치가 5퍼센트 상승합니다.]

[HP, MP, SP의 회복 속도가 1.3배 증가합니다.]

요정의 가호는 아서만이 내릴 수 있는 축복이었다. 그리 좋은 축복은 아니었는데, 없는 것보단 나았다.

나는 가볍게 인사한 후 성에서 빠져나왔다.

아서 백작의 부탁을 받아서 그런지 병사들이 내게 경례를 해 보였다. 손을 들어 짧게 받아 주고 곧바로 칼리번을 벗어났다.

✤ ✤ ✤

한 여인이 혹한의 냉기가 휘몰아치는 땅에 들어섰다. 진한 흑발이 잘 어울리는 미녀였는데, 허리춤엔 쌍검이 매달려 있었다.

"디자인의 영역?"

그녀는 맵에 떠 있는 지역명을 보며 눈살을 찌푸렸다. 커다란 눈이 살짝 일그러지니 그것 또한 묘한 매력이었다.

여인은 붉은 입술을 혀로 살짝 훑었다.

눈발이 흩날리고 있는데도 살짝 건조하다.

"쟤넨 뭐야?"

여인은 자신에게 다가오는 몬스터들을 보았다.

이름이 울피스트, 템피스트, 점피스트 등등……. 피스트 돌림자다. 모두 이족 보행 짐승형 몬스터 같았는데 묘한 이질감이 느껴졌다.

여인, 스네이크가 쌍검을 뽑아 들었다.

"원래 가려고 한 곳은 아니었지만, 뭐 여기도 나쁘지 않겠네."

프랑스 최고의 스타이자 세계 랭킹 3위에 빛나는 그녀의 검이 몬스터들을 훑고 지나갔다.

몬스터의 피가 눈 위를 붉게 적시는 걸 본 스네이크. 그녀는 엄청난 길치였다.

✠ ✠ ✠

홀리 가디언 1주년 기념 대규모 패치 소식이 전해졌다.

세 번째 메인 스트림에 관련된 것은 아니었다.

굳이 따지자면 유저들의 유흥을 위한 콘텐츠가 이번 패치의 메인이라 할 수 있었다.

다소 평범해 보일 수 있지만, 그렇기에 대부분의 유저들의 사랑을 받을 수 있는 콘텐츠.

[결투장]

레이드와 더불어 RPG에선 마지막 콘텐츠라 불릴 정도로 자신의 한계를 시험해 볼 수 있는 결투장이었다.

아직 공개된 건 많지 않지만 '결투장'이라는 세 글자가 주는 희열은 모두를 열광하게 만들었다.

그중엔 나 또한 있었다.

"결투장인가!"

결투장이라면 나 역시 아주 많이 애용했었다.

길드 일로 속 썩을 때면 항상 결투장에서 기분 전환을 했으니까.

프로 팀에도 속해 있었다.

모두 알다시피 홀리 가디언은 단순 게임이라 치부할 수 없다.

결투장이 본격적으로 오픈되면, 종합격투기를 비롯한 격투 종목 계열은 순식간에 사장될 것이다.

아무리 주먹을 지르고, 다리를 휘두르고, 관절기로 상대를 압박하더라도 스킬 한 방의 효과에 비하면 보는 맛이 한참 떨어지기 때문이다.

비단 위에 나열한 것 말고도 AOS, FPS 등의 E-SPORT 시장 또한 한순간에 망해 버렸다.

'홀리 가디언이 급격한 성장을 이루기 시작한 것도 이 무렵이었지.'

종류를 가리지 않고 수많은 기업이 결투장이란 콘텐츠 하나만 보고 엄청난 투자를 아끼지 않았다.

종합격투기 쪽은 완전히 결투장으로 넘어가 수많은 스

폰서들을 달고 유저들을 길렀다.

상상을 초월하는 금액이 나돌았다.

내가 속해 있던 '다크 팬서'란 팀은 MMA에서 활약하던 매니지먼트였다.

'굳이 계약할 필요는 없었는데.'

그땐 길드 일이 너무 바빠 결투장까지 신경 쓰고 싶지 않았다.

그래서 팀에 들어갔던 건데, 그들이 해 주는 일은 거의 없었다. 해외 출장을 가면 경호를 붙여 주는 것 정도 말고는 아무것도 없었다.

그마저도 내가 네임드였기에 가능했었지, 인기 없는 선수였으면 관심 밖이었을 것이다.

'파이트머니 비율도 별로였고.'

나와 매니지가 7 대 3.

다른 선수들에 비하면 후한 편이었지만, 다른 선수들은 매니지먼트에서 아이템 지원이나 레벨 업 등을 도와주기 때문에 그런 것이다.

나 같은 경우는 다크 팬서에 들어가기 전부터 이미 완성된 플레이어였다.

그들이 뭘 하고 자시고 할 게 없었다.

그냥 대전 상대를 찾으면 스폰서를 끌고 와 파이트머니를 올려 주는 게 끝.

언뜻 어려워 보이지만 사실 커뮤니티에 글 하나 올리면 땡이다.

'흑룡'의 길드장이라는 이름값과 내가 결투장에서 보여 줬던 모습들만으로도 매니지먼트 없이 알아서 스폰서가 붙는다.

"그땐 몰랐으니까. 알았어도 했을지도."

그만큼 바쁘던 시절이었다.

파이트머니보다 '흑룡'을 굴리는 게 훨씬 돈이 되던 시절이기도 했고.

"결투장."

계약 문제로 기분이 나쁘긴 했지만, 그래도 많은 추억이 있었다.

내가 옛 추억에 잠겨 있을 때 누군가가 떠올랐다.

"…제로스 자식."

놈은 레벨도 랭킹 1위였지만, 결투장에서도 1위였다.

파이어 킬러.

인간 사냥꾼.

굳건한 왕좌 등등……

제로스에겐 수많은 별명이 있었다.

그중에서도 가장 인상적인 별명이 하나 있었다.

무패의 제왕.

수천 번이 넘어가는 전적을 가졌지만, 그는 단 한 번도 누군가에게 지지 않았다.

비공식적으로는 모르겠지만, 공식적으로 그는 홀리 가 디언 최강자였다.

혹자는 밸런스 조절이 그에게만 적용 안 된 게 아니냐는 의혹을 던졌지만, 직접 겪어 본 나는 확신할 수 있었다.

밸런스가 조절됐기 때문에 제로스는 무적인 것이라고.

"언젠가는 넘어야 할 산."

에테리움 때와 같은 일을 바라서는 안 된다.

나는 상념을 던져 버리고 자리에서 일어났다.

제로스를 넘으려면 성장 또 성장뿐이다.

"사냥 가즈아!"

저 멀리, 눈발이 미친 듯이 흩날리는 산등성이를 향해 발걸음을 옮겼다.

목적지는 산등성이에 위치해 있는 동굴형 던전.

'악마 소굴 1'이다.

※ ※ ※

스네이크는 길이 1미터가 조금 안 되는 쌍검을 애용한다. 쌍검은 거의 쓰이지 않는 무기지만, 그녀는 어쩔 수 없이 쌍검을 다뤘다.

그녀가 히든 클래스인 것은 아니었다.

평범한 검사 클래스였다.

문제는 게임 초반에 얻은 '히든 스킬'이었다.

[아르신 쌍검술]

과거 '사신'의 길드장이었던 프렌치가 사용했던 '센토 대검술'처럼 그녀에게 쌍검을 강요하게 만든 스킬.

쌍검술은 매우 어렵다.

좌수 우수를 자유롭게 움직일 줄 알아야 큰 위력을 발휘할 수 있는데, 검 한번 제대로 휘둘러 본 적 없는 사람이 그런 게 가능할 리가?

그나마 다행인 것은 그녀의 집안이 한국으로 치면 엄청난 금수저라는 것.

요즘 가장 핫하다는 프랑스 패션 기업 '성숑'의 외동딸이 바로 그녀였다.

스네이크의 아버지이자 성숑의 대표는 홀리 가디언의 가능성을 보고 폭풍 투자를 서슴지 않았다.

쌍검술 선생까지 초빙했으니 말 다 했다고 볼 수 있다.

매일 사냥, 훈련, 사냥, 훈련의 반복이었다.

덕분에 빠르게 랭킹을 올릴 수 있었고, 작금에 이르러선 최강에 가장 근접한 유저가 되었다.

그런 그녀가 지금은……

"이곳은 대체 어디야?"

백인 특유의 새하얀 피부와 대비되는 흑발이 바람에 나

부낀다.

스네이크는 파란 눈동자를 빛내며 주변을 둘러봤다.

길을 잃었다.

또 잃어버렸다.

"괜히 고집부렸나……."

그녀에겐 항상 수행원이 따라다녔다.

재벌가의 여식이라서가 아니었다.

애초에 성송이란 브랜드가 근래 들어 트렌드를 이끄는 거지, 소문난 중소기업 정도였다.

평범하게 그녀가 엄청난 길치이기 때문이다.

홀리 가디언의 맵 시스템은 보기 쉽게 돼 있다.

아무리 옹이구멍 같은 눈이라도 맵에 설정된 내비게이션을 이용한다면 길 찾는 건 일도 아니었다.

그런데 스네이크는 그것조차 안 된다.

"으음……."

이 정도면 병이라고 봐도 무방하리라.

그녀는 현재 어두컴컴해 보이는 동굴 앞에 서 있었다.

몬스터들을 베고 베고, 또 베다 보니 이곳에 도착해 있었다.

여긴 어디일까?

스네이크는 동굴 안으로 들어갔다.

그녀가 길치인 데에 가장 큰 원인이었다.

어딘지도 모르면서 일단 들어가거나 움직인다.

맵은 안중에도 없고, 눈앞에 있는 길만 쫓아갈 뿐이다. 수행원이나 그녀의 부모가 항상 지적한 문제지만, 그런다고 나으면 세상에 길치는 없을 것이다.

[띠링! 최초로 던전, '악마 소굴 1'에 입장하셨습니다.]

[최초 보너스로 '악마 소굴 1'에서 습득하는 경험치가 2배 증가합니다.]

[최초 보너스로 '악마 소굴 1'에서 획득하는 모든 아이템 드롭률이 2배 증가합니다.]

[최초 보너스로 '신성한 가호'가 30분 동안 당신을 마(魔)에게서 지켜 줄 것입니다.]

"아, 던전이구나."

그것도 최초로 발견한 던전이었다.

참담한 상황이었는데, 기분이 좋아졌다.

그녀는 연신 깜빡거리는 메세지창을 껐다.

길치면 다른 사람 말이라도 잘 들어야 하는데, 그녀에겐 그런 것도 없었다.

수행원들만 죽어 나가는 것이다.

스네이크는 주변을 둘러보며 안으로 들어갔다.

[포악한 울피스트][314레벨]

아까 전에 보았던 울피스트와 똑같은 울피스트다.

다만 '포악한'이란 수식어가 붙어 있는 게 달랐는데, 레벨도 더 높았다.

울피스트가 새빨간 안광을 빛내며 스네이크에게 달려들었다.

[아르신 쌍검술 2식]

그녀의 몸이 유연하게 회전하며 울피스트를 훑었다.

[회오리 나무]

촌스러웠지만, 직관적인 기술명인 만큼 소용돌이처럼 회전한 스네이크의 쌍검이 울피스트를 도륙했다.

우오오오!

포악한 울피스트는 전신이 난자되었지만, 개의치 않고 그녀를 향해 손톱을 휘둘렀다.

쌍검을 교차시켰다.

캉-!

시리듯 차가운 쇠 울림에 스네이크의 인상이 구겨졌다. 검을 비틀어 손톱을 흘려보냈다.

[아르신 쌍검술 4식, 황소 뿔 치기]

길게 뻗은 두 자루의 검이 울피스트의 두꺼운 가죽을 뚫었다.

[아르신 쌍검술 5식, 들어 올리기]

몸을 앞으로 내밀며 양팔에 힘을 주었다.

그리고 들이받은 황소가 대상을 뒤로 젖혀 버리듯 위로

올려 버렸다.

쿠드득-!

송판 수십 장을 덧대 놓은 것처럼 단단한 가죽이었다.

울피스트가 비명 같은 울음을 터트리며 손톱을 휘둘렀다.

[그림자 은신]

그녀의 신형이 꺼지듯 밑으로 사라졌다.

맥스 레벨을 찍은 그림자 은신은 스네이크의 기척을 완전히 죽였다.

울피스트가 당황하며 주변을 둘러볼 때였다.

어둠에서 두 개의 섬광이 뻗어 나와 늑대 인간의 목을 갈랐다.

"치명타다."

손에 촉감이 장난 아니었다.

원래라면 방금 공격으로 죽이는 건 불가능했다.

스네이크는 짜릿한 손맛에 미소를 지었다.

이 던전, 꽤 재밌다.

밖에서 보던 몬스터들보다 훨씬 강하고.

"가 보자."

그렇게 열심히 던전의 안쪽으로 이동했다.

던전에서 나오는 몬스터들은 대개 밖에서 보던 것들과 똑같았다.

그냥 이름 앞에 수식어만 달려 있을 뿐이다.

레벨이 더 높긴 했지만, 어떤 공격을 하는지 아는 이상 문제가 못 됐다.

어느새 던전의 끝까지 도달했다.

그곳에서 보았다. 지금까지 상대했던 몬스터들과는 질적으로 다른 괴물을.

-넌 누구냐.

신장은 2미터 정도에 전신이 새까맣다.

피부 위로 혈관이 도드라져 있는데, 꿈틀거리는 것이 무척 징그러웠다.

스네이크는 그의 머리 위에 떠 있는 이름과 레벨을 보았다.

[한때 악마 기사였던 자, 오들린][325레벨][BOSS]

과연 이곳의 보스 몬스터였다.

325라는 레벨은 그녀보다 50레벨가량 높았다.

절대 쉽지 않은 상대.

일반 몬스터들이야 레벨이 높아도 포션만 있다면 혼자 감당할 수 있다.

그러나 보스 몬스터는 얘기가 다르다.

스네이크는 그 유명한 랭킹 1위 제로스나, 랭킹 포식자 알딘처럼 솔플에 특화된 유저가 아니었다.

'레벨이 너무 높아.'

20레벨 정도만 낮았으면 보스라고 해도 시도는 해 봤을 것이다.

고민하지 않고 던전 탈출 스크롤을 꺼냈다.

던전 탈출 스크롤은 캐쉬템으로 아무런 리스크 없이 던전에서 벗어나게 해 주는 아이템이었다.

그녀가 스크롤을 찢으려는 순간, 문득 이런 생각이 떠올랐다.

'어차피 스크롤 있는데, 한번 싸워 볼까?'

캐쉬템은 아무리 불리한 상황에서도 절대적인 효과를 발휘한다.

약간의 리스크를 감수해야 하지만, 그건 지금 사용해도 마찬가지였다.

스크롤을 주머니에 꾸겨 넣었다.

인벤토리에 넣으면 꺼내다가 당할 수도 있다.

쌍검을 다시 뽑아 들었다.

-인간 나부랭이가! 건방지구나!

[띠링! '오들린'이 피어를 터트렸습니다!]

[피어의 영향으로 상태 이상 '공포', '둔화', '의욕 상실'이 발생했습니다.]

[띠링! 상대와의 수준 차이가 심각합니다!]

[추가적으로 상태 이상 '일시적 경직'이 발생했습니다.]

[모든 능력치가 15분간 12퍼센트 감소합니다.]

스네이크가 눈을 부릅떴다.

피어 한 방에 이 정도 피해를 입을 줄 몰랐다.

던전에 들어오면서 얻은 신성한 가호 효과는 진즉에 사라졌다.

"도망쳐야 하나?"

풀 컨디션이어도 어려운 상대다.

지금 상태로는 죽었다 깨어나도 이기지 못한다.

하지만 이럴 때일수록 도전 의식이 불타오른다.

치이이잉-!

쌍검을 교차하며 날카롭게 긁어 냈다.

그녀의 검이 오들린을 향해 쏘아졌다.

"…누구야."

나는 동굴 안쪽으로 이어진 길을 보았다.

곳곳에 전투 흔적이 있다.

설마 이곳에 다른 사람이 들어와 있다니.

생각지도 못했다.

당연히 내가 최초일 거라고 생각했는데, 최초 효과를 내가 온전히 누릴 거라고 생각했는데!

"어떤 자식이지?"

지금 아틀란티스에서 활동하는 유저는 제법 있다.

하지만 이곳까지 도달할 수 있는 유저는 극히 소수다.

설마 제로스인가?

그럴 리가 없다.

그의 위치는 이미 세간에 다 공개된 지 오래였다.

정확한 지명은 기억나지 않지만, 위치상 이곳과는 제법 떨어져 있는 곳이다.

그렇다면 대체 누구일까?

'콘페이토는 창식이한테 당했고…….'

아니야.

나는 고개를 저었다.

꼭 유명한 유저이리라는 법은 없다.

단순히 아틀란티스를 탐험하는 모험가일 수도 있다.

일단 안쪽으로 이동했다.

누구인지는 모르겠지만, 절대 곱게 보내 주진 않을 것이다. 왜냐면 나는 속이 매우 좁거든.

[아이스 샷(Ice Shot)]

스네이크의 좌수가 오들린을 향해 움직였다.

그녀의 쌍검은 각각 얼음과 불의 힘이 담겨 있는데, 좌수에 들린 검에서 두꺼운 얼음 덩어리가 쏟아졌다.

연이어 우수가 공백을 허용하지 않고 허공을 갈랐다.

[화직참(火直斬)]

검이 떨어진 방향으로 불길이 일어났다.

오들린이 팔을 변형시켜 만든 검으로 얼음덩어리를 쳐 냈다.

그러나 화직참의 불길까진 막을 수 없었다.

제로스의 화염에 비하면 초라하지만, 최소 유니크 등급의 장비로만 무장한 그녀의 능력치는 충분히 적에게 유효한 타격을 주었다.

-건방진 것!

오들린의 가슴팍에 화염 자국이 새겨졌다.

피해는 커 보이지 않았다.

스네이크는 혀를 차며 놈과 거리를 벌렸다.

오들린이 분노한 상태로 쫓아왔지만, 아르신 쌍검술과 무기의 힘을 합쳐 최대한 견제했다.

'피어의 효과가 너무 커.'

하지만 한계는 명백했다.

오들린의 피어는 생각했던 것보다 더 심각했다.

일단 몸 전체가 제대로 움직여지지가 않는다.

'둔화'와 '일시적 경직'이 원인이었다.

특히나 일시적 경직은 일반 경직과 달리 몸이 아예 못 움직이는 상태는 아니었다.

다만 움직일 수는 있지만, 간간이 1초 정도씩 경직이 찾아오는 상태 이상이었다.

'그것 때문에 몇 번이나 죽을 뻔했지.'

지금이라도 던전 탈출 스크롤을 사용해야 하나 고민이 들었다.

오들린의 검이 그녀가 서 있던 곳으로 떨어졌다.

쾅-!

검이라기엔 몽둥이 같은 파괴력이었다.

그녀는 헤집어진 땅을 보며 쌍검을 고쳐 쥐었다.

레벨 차이는 극심하지만, 도망칠 정도로 상대가 잘 싸우는 건 아니다.

시간이 걸리더라도 이대로 진행하면 왠지 쓰러트릴 수 있을 것 같았다.

그녀도 이 생각이 얼마나 헛된 망상인지 잘 알고 있었다.

하지만 사람이란 게 조금만, 조금만 더! 같은 생각을 하지 않던가?

스네이크도 똑같았다.

그녀는 'AOS 장르는 하면 안 되겠다.'라고 홀로 중얼거리며 오들린에게 달려들었다.

쿵-!

저 멀리서 커다란 소리가 들렸다.

나는 지체하지 않고 그곳으로 달려가고 싶었다.

"아으! 짜증 나는 녀석들!"

리젠된 던전의 악마들만 아니라면 말이다.

이름 앞에 포악한, 절제된, 성가신 같은 수식어가 붙은 악마들은 나를 아주 귀찮게 했다.

레벨도 던전 밖에서 보던 것들보다 10 정도 높아서 금방 죽지도 않았다.

"젠장! 원래라면 이렇게 급할 이유가 없는데!"

애초에 지금 시기에 아틀란티스로 넘어오는 유저 자체가 거의 없어야 정상이다.

전생의 기억에 따르면 처음 천공섬을 발견했을 세토 역시 아틀란티스에선 활동하지 않았다.

했어도 이곳까지 도달하진 못했다.

디자인의 영역을 최초로 발견한 유저는 따로 있었기 때문이었다.

나 때문에 미래가 바뀌고 있다는 건 아주 잘 알고 있다.

그걸 감안해도 현재 가장 스퍼트가 빠른 유저는 나와 제로스였다.

제로스는 반대쪽을 넓히고 있으니, 사실상 이곳에 도달할 만한 유저는 없다고 봐도 무방했다.

'진짜 모험가인가?'

이를 악물고 악마의 목을 베었다.

생각할수록 답답해질 뿐이다.

일단 가 보자. 가 보면 누군지 답이 나오겠지.

"꺼지라고, 이 자식들아!"

가지고 있는 모든 힘을 풀었다.

오직 길을 뚫기 위해, 빛과 어둠이 던전 한복판을 휩쓸었다.

✠ ✠ ✠

"꺄악!"

스네이크가 벽에 처박혔다.

오들린은 시뻘건 안광을 흘리며 그녀를 향해 다가갔다. 그의 몸은 어느새 켄타우로스처럼 변해 있었다.

무기도 검이 아닌 커다란 망치로 바뀌어 있었고, 왼팔은 5개의 날이 기괴하게 구부러져 있는 갈퀴처럼 바뀌어 있었다.

-악에 대항한 인간의 죽음은 초라하리라!

오들린은 망치로 변한 팔을 높이 들어 스네이크 머리 위로 내려쳤다.

그녀는 왼쪽으로 몸을 뒹굴었다.

그 꼴이 꽤나 추했지만, 죽는 것보단 나았다. 주변에 보는 시선도 없었고.

쾅!

망치가 떨어진 장소가 움푹 파이며, 잔해가 사방으로 비산했다.

미약한 여진까지 느껴졌으니, 직접 겪지 않아도 그 위력을 실감할 수 있었다.

스네이크는 팔까지 써 가며 오들린과 거리를 벌렸다.

처음엔 왠지 해 볼 만하다 생각했다.

공격은 매섭지만 움직임이 느려 충분히 치고 빠질 자신이 있었다.

시간이 흐르며 모든 상태 이상도 해제되었다.

실제로 몸이 가벼워지면서 어느 정도 피해를 입히는 데 성공했다.

딱 거기까지였다.

오들린은 인간에게 당하는 게 화난다면서 지금 형태로 몸을 바꾸기 시작했다.

그 후부턴 속수무책이었다.

켄타우로스가 된 오들린의 속도는 감히 좇을 수 없었고, 망치의 위력은 상상을 초월했다.

저 갈퀴 같은 팔은 얼마나 두려운 힘을 가지고 있을지 상상하기도 싫었다.

'여기까지야.'

이 정도 차이면 욕심을 가볍게 접을 수 있다.

뒤도 안 돌아보고 입구 쪽으로 달렸다.

주머니에 넣어 둔 던전 탈출 스크롤을 꺼내 찢었다.

그녀의 몸이 빛으로 화하나 싶더니, 바닥에 마법진이 그려지기 시작했다.

스네이크의 눈이 동그랗게 떠졌다.

"뭐, 뭐야?"

즉발성 스크롤이 아니었단 말인가?

가만히 선 그녀는 오들린을 보았다.

이상한 낌새를 눈치챈 그는 네 다리를 놀려 이곳으로 빠르게 달려오기 시작했다.

마법진을 보았다.

마법진이 그려지는 속도는 생각보다 느렸다.

아니, 원래라면 빠르다고 할 만했지만 지금 상황에선 굼벵이가 기어가는 속도였다.

사 놓기만 하고 사용한 적은 없어 딜레이가 있을 줄은 몰랐다.

"이럴 거면… 왜 만든 거야……."

던전 탈출 스크롤이라면서 탈출하는 데만 한 세월이다.

-크하하! 느리구나, 느려!

오들린이 허공으로 높이 뛰어올랐다.

말의 도약처럼 앞다리는 구부려지고, 뒷다리는 뒤쪽으

로 곧게 뻗었다.

 천장에 박힌 야광석이 그의 앞모습을 그림자 지게 만들었다.

 스네이크는 입을 살짝 벌린 채 그 광경을 넋 놓고 보았다. 쌍검을 움켜쥐었지만 다시 뽑진 않았다.

 막아 봐야 의미가 없을 것 같기 때문이었다.

 저 엄청난 질량 덩어리가 위로 떨어지면 최소 즉사다.

 그사이 마법진이 거의 완성됐지만, 오들린의 망치가 먼저였다. 왼쪽에서부터 다가오는 거대한 망치는 마치 교통사고 직전에 보는 차량 같았다.

 스크롤의 마력이 그녀를 감싼다.

 "잘하면 살 수 있으려나?"

 "아마도."

 그녀의 중얼거림에 누군가 대답했다.

 스네이크가 황급히 고개를 돌렸다.

 가장 먼저 보인 건 흑검이었고, 이어서 적발 적안의 남자가 눈에 들어왔다.

 쾅!

 두 개의 무기가 스네이크의 코앞에서 충돌했다.

악마 무리를 뚫어 내고 보스 방 앞까지 도착했다.

안에선 한창 치열한 전투가 벌어지고 있는지, 온갖 충돌음이 들려왔다.

나는 바로 들어가기 위해 걸음을 옮기려다가 멈칫했다.

"잠깐……."

보스 몬스터를 다른 유저와 굳이 경쟁하면서 잡을 필요가 있을까?

생각해 보면 굳이 지금 들어갈 필요가 없다.

현재 안에선 한 명인지, 두 명인지, 그 이상인지 모를 플레이어가 보스를 잡기 위해 고군분투 중이다.

보스가 보스인 만큼 절대 쉽지 않을 것이다.

레이드를 제외하면 현재 공개된 몬스터 중 가장 강할 테니까.

그건 내게도 통용되는 말이다.

공략법을 안다고 쉽게 잡기엔 이곳의 보스 몬스터인 오들린의 레벨이 너무 높다.

아마 치열한 경쟁 구도가 펼쳐질 터.

"막타만 먹자."

힘겹게 경쟁할 필요가 없다.

상대는 내가 있는지도 모르는 상황.

그리고 상대가 오들린 사냥에 성공한다는 보장도 없다. 오히려 실패하는 편이 나한텐 더 좋은 일이었다.

굳이 막타를 뺏어 이미지 깎을 필요는 없으니까.

"누군지 확인부터 해 보자고."

슬금슬금 보스 방 안으로 진입했다.

가장 먼저 켄타우로스 폼으로 변형을 마친 오들린의 모습이 보였다.

오른팔도 망치 형태가 되어 있었는데, 저때의 오들린은 무척 강했다.

반면, 놈을 상대하고 있는 유저는 상당히 왜소했다.

그리고 흩날리는 흑발은 비단결처럼 부드러워 보였다.

"…흩날려?"

지금 이곳에 있는 유저가 여자라는 얘기인데.

아틀란티스에서 활동 중이며, 디자인의 영역까지 도달 가능한 여성 유저는 내가 알기로 딱 한 명뿐이다.

그때였다.

쾅!

오들린의 망치가 땅바닥을 세게 찍었다.

미약한 진동이 느껴질 정도의 위력이었다.

유저는 다행히 살아남았는지 추하게 바닥을 구르고 있었다. 그러더니 주머니에 손을 넣고는 이곳으로 달리기 시작했다.

그녀의 얼굴을 똑바로 확인할 수 있었다.

굉장히 아름다운 얼굴이었는데, 어딘가 아주 익숙했다.

눈을 가늘게 뜨고 자세히… 띠용!

"스네이크?"

랭킹 3위이자, 톱 10 중 유일한 여성 유저.

나를 젖히고 이곳에 먼저 들어온 유저는 바로 스네이크, 본인이었다.

그녀가 대체 여기 왜 있는지 알 도리가 없었지만, 이것도 나비효과라고 보는 게 맞겠지.

그놈의 나비효과 때문에 나비 혐오증이 다 생길 지경이다.

나는 스네이크에게서 눈을 떼지 않았다.

스네이크는 뒤도 돌아보지 않고 주머니에서 꺼낸 무언가를 찢기 시작했다.

"던전 탈출 스크롤?"

저 형태는 내가 아는 그 캐쉬템이 분명했다.

상대가 안 된다는 걸 깨닫고 저걸 통해 던전을 탈출하려는 모양이다.

하지만 그렇게는 안 될 것이다.

던전 탈출 스크롤엔 딜레이 시간이 존재하기 때문이었다.

애당초 지금 저걸 사용하려는 것 자체가 아이템 설명을 제대로 안 읽었다는 증거다.

그리고 설명을 제대로 읽었다면 던전 탈출 스크롤이 굉장히 쓰레기에, 잘못 만들어진 캐쉬템이라는 걸 알았겠지.

"누가 부잣집 딸내미 아니랄까 봐."

스네이크와는 전생에 접점이 거의 없었지만, 그녀가 프랑스에서 유명한 패션 회사의 외동딸이라는 건 알고 있었다.

수중에 돈이 많으니 던전 탈출이라는 이름만 보고 그냥 질렀을 게 분명하다.

저건 십중팔구 오들린에게 죽는다.

'구해 줄까?'

마음속에서 미약한 갈등이 일었다.

저 상태로 죽으면 뒤탈 없이 오들린을 내가 먹을 수 있다. 하지만 그녀를 구한다면 빚을 지게 할 수 있다.

뭐가 더 이득인지는 길게 생각하지 않아도 알 수 있었다.

그녀의 발밑에 마법진이 그려지기 시작했다.

그에 맞춰 오들린이 네 다리를 재빨리 놀려 그녀가 있는 곳으로 뛰어올랐다.

스네이크는 딱히 방어할 생각이 없어 보였다.

그녀 정도 되는 유저라면 방어가 무의미하다는 걸 직감적으로 깨달은 것이다.

그곳을 향해 몸을 튕겼다.

먼지가 꼬리를 이루어 발끝을 따라붙는다.

[점멸]

한순간에 그녀와 나의 거리가 좁혀졌다.

"잘하면 살 수 있으려나?"

타이밍 좋게 스네이크가 혼자 중얼거렸다.

운이 좋다면 저 공격에 맞고도 살 수 있을 것이다. 무장 상태나 레벨 등을 미루어 봤을 때 방어력은 제법 될 테니까.

물론 맞게 둘 생각은 없다.

"아마도."

짧게 대답했다.

스네이크의 고개가 내 쪽으로 돌았다.

그녀의 어깨를 가볍게 밀었다.

동시에 흑검 아스칼론을 발검했다.

쾅-!

지금의 던전 탈출 스크롤은 굉장히 한심한 아이템이다. 발밑에 깔린 마법진 안에 들어가 있지 않으면 사용자라도 탈출할 수 없다.

지금처럼.

나는 오들린의 망치를 쳐 내고 스네이크를 보았다.

엉덩방아를 찧은 그녀는 허탈하게 사라져 가는 마법진을 보고 있었다.

지금 생각해도 진짜 말이 안 되는 캐쉬템이었다.

이딴 걸 현금 받고 팔 생각을 하다니.

유저들의 엄청난 항의에 결국 아이템 효과를 수정하지만,

그건 못해도 몇 개월 후의 얘기다.

 시선을 다시 오들린에게 옮겼다.

 -너는 누구냐, 인간!

 오들린이 성난 말처럼 앞발을 든 채로 허공에 굴렸다. 투레질만 안 할 뿐 하는 꼴이 영락없이 말이다.

 나는 씩 입꼬리를 올리며 흑검 아스칼론을 양손으로 쥐었다.

 "나?"

 그리고 있는 힘껏 기운을 발출했다.

 콰지직-

 콰아아아앙!

 뇌전의 신력과 마력이 뒤엉키며 엄청난 효과를 일으킨다.

 오들린의 붉은 눈이 점점 커지기 시작했다.

 -신력!

 "알딘이다, 이 말 새끼야."

 뇌기를 잔뜩 머금은 빛의 검이 오들린을 향해 쇄도했다.

 보스 방에서 한 차례 화려한 빛이 터져 나왔다.

※ ※ ※

 오들린은 디자인이 마계에서 남작이던 시절, 그 휘하에 있던 평기사였다.

악마들 관점에서 기사란 기사도를 바탕으로 선의를 추구하는 그런 게 아니었다.

강한 힘으로 적을 찍어 눌러 영토를 넓혀 나가는.

그야말로 전쟁과 살육을 위해 존재하는 악마.

그것이 바로 악마들이 말하는 기사였다.

평기사라면 어느 정도 힘과 살육 능력을 인정받은 강대한 악마라는 증거.

오들린은 평기사 중에서도 상급 기사에 가장 가까운 악마였다.

특히 그의 형태 변화 능력은 악마 중에서도 보기 드문 것으로, 드래곤마저 흉내 낼 수 있었다.

당연히 드래곤 본연의 힘을 내는 건 불가능할지라도 육체의 강대함만큼은 진짜였다.

하지만,

-그날의 기억이 나를 괴롭힌다!

그의 주군인 디자인이 모시는 마왕의 명령으로 그들은 낙오된 마계 지역으로 여정을 떠났다.

그리고 그곳에서 말로 형용할 수 없는 '그것'을 마주하게 되었다.

디자인을 비롯한 모든 마군(魔軍)은 그날부로 악마로서의 대부분의 격을 상실했다.

또한 마왕에게 버려져 이곳으로 쫓겨나는 신세가 되었

다. 한없이 나약해진 채로.

-슬프다. 분노한다. 고통스럽다!

오들린이 떨리는 목소리로 소리쳤다.

나는 그런 오들린을 무심한 눈으로 쳐다봤다.

지금 그가 뱉고 있는 말들은 일종의 떡밥이었다.

놈을 비롯해 지금 디자인의 영역에 있는 모든 악마들은 꽤나 불쌍한 놈들이다.

불쌍한 이유를 설명하려면 꽤나 길어질 테니 생략하겠다.

놈의 사정이 어떻든 간에 이곳의 보스 몬스터이고, 나는 녀석을 쓰러트려야 할 막중한 의무가 있으니까.

보상은 뭐, 덤 아니겠어?

"조잘조잘, 시끄럽다."

-죽어라!

메제스의 망치보다 배는 더 큰 망치가 날 짓뭉갤 기세로 떨어졌다.

마력이 내 몸을 바람처럼 감싼다.

쾅!

망치가 떨어졌고, 커다란 파격음이 들렸다.

그러나 그곳에 나는 없었다.

놈의 뒤통수를 붙잡았다. 맥스 레벨의 점멸은 마법사들의 텔레포트와 차원이 다르다.

뾰족한 갈퀴가 왼쪽을 노리고 들어온다.

육각 방패로 갈퀴의 진로를 방해했다. 아스칼론으로 오들린의 가슴을 찔렀다.

캉-!

불똥이 튀었다.

신성력으로 이루어진 빛의 검조차 뚫지 못할 정도로 피부가 단단했다.

망치가 다시 팔의 형상으로 돌아간다. 그러곤 날카로운 송곳이 팔꿈치에서 튀어나왔다.

정확히 내가 있는 방향이었다.

드넓은 등을 디딤대 삼아 백덤블링으로 송곳을 피했다.

오들린이 몸을 돌렸다. 송곳이 다시 망치가 되고, 갈퀴가 길어지며 나를 노렸다.

[아르첸의 장갑:그래비티 포스(Gravity Force)]

강력한 중력이 일대를 짓눌렀다.

-같잖은!

말은 그렇게 하면서 불편한지 제대로 움직이지 못한다.

입만 산 녀석 같으니.

그나저나 이대론 수십 분은 더 패야 죽일 수 있을 것 같다. 레벨 차이가 크긴 컸다.

"경.생을 써야겠지?"

능력치가 궤도에 오르면서 일부러 경시되는 생명을 사용하는 빈도가 줄어들었다.

굳이 HP 리스크를 감수하면서까지 공격력을 높일 필요가 없어진 탓이다.

지금의 난 그 자체로 강했고, 다른 유저들과 비교했을 때 넘을 수 없는 산이었다.

오만한 생각일 수도 있겠지만, 자신할 수 있었다.

지금 나와 견줄 수 있는 유저는 한 손에 꼽을 수 있다고.

그러나 오들린은 보스 몬스터인 데다 레벨도 나보다 한참 높다. 못 잡는 건 아니지만, 그만큼 시간이 걸릴 것이다.

여유가 생기면 사람은 딴생각을 하기 마련이다.

저기서 이곳을 보고 있는 스네이크처럼.

인벤토리에서 빨간색 캡슐형 알약을 꺼내 물었다.

자체적으로 제작한 소모템으로, 섭취 시 HP가 50퍼센트 감소한다.

아득-

['경시되는 생명'의 효과로 공격력이 50퍼센트 증가합니다!]

전신에서 붉은 오러가 피어올랐다.

-신력에 이어… 무엇이냐! 그 광기로 범벅된 힘은!

오들린이 중력을 뚫고 걸어 나온다.

스네이크를 보았다. 그녀는 내게서 흘러나오는 힘의 기류에 조금 놀란 듯 보였다.

이 정도에 놀라기엔 이르다.

"몸이 많이 가벼워졌어."

-죽음으로써 다시 무거워지리라.

"초 좀 치지 마라, 실패자 새끼가."

[검은 태양의 파편]

나와 오들린의 간격은 고작해야 2~3미터.

검을 휘두르면 닿는 거리에서 검은 파편이 암전을 일으켰다.

어둠에 가려지기 전, 오들린의 왼팔이 방패가 되는 걸 보았다. 하나 충격파를 막는다고 해서 후속 현상까지 막을 수 있는 건 아니다.

-눈이!

참 알기 좋은 녀석이다.

"자."

검이 시계 방향으로 빙글, 회전한다.

"놀아 보자."

[파천무쌍패 Ver. MP and SP]

[99퍼센트]

초월급 스킬의 무지막지한 퍼포먼스가 오들린을 덮쳤다.

땅이 갈라지고, 동굴의 내벽까지 뻗친 힘의 잔해가 던전을 통째로 뒤흔들었다.

오들린은 무식하기 짝이 없는 푸른 강기에 저항했다.

그의 레벨이 높기에 가능한 일이었다. 그러나 이 정도로 버거워하기엔 아직 감당해야 할 게 많이 남았다.

[리히트 블레이드]

신성력을 재충전했다.

아스칼론을 얼굴 옆에 가로로 눕혔다.

빛의 칼날 위로 모조된 용살(龍殺)의 기운이 흐물흐물 기어 나온다.

[용린파쇄참]

땅을 박찼다.

파천무쌍패의 푸른 강기는 아직 없어지지 않았다.

그 위로 검을 찔러 넣었다.

-놈!

오들린의 등에서 5개의 팔이 튀어나왔다.

팔은 서로 다른 병장기로 변해 나를 공격해 왔다.

[투과]

5개의 무기가 나를 뚫고 지나간다.

오들린의 눈이 커졌다.

세토를 쓰러트리고 얻은 반지가 이렇게 또 활약한다.

용살과 신성력이 뒤섞인 아스칼론이 푸른 강기를 꿰뚫었다.

오들린의 신체가 슬라임처럼 격동적인 흐름을 보이더니, 전신에 두터운 장갑을 두르기 시작했다.

콰직-!

상성이 안 좋았다.

용린파쇄참은 드래곤의 단단한 피부를 꿰뚫었다 하여 붙여진 이름이다.

갑주의 방어력에 비례하여 공격력이 상승하는 효과가 있는 것이다.

-큭!

[화이트 쉘]

지근거리에서 빛이 분사되었다.

콰아아앙-! 듣기 싫은 굉음에 뒤로 멀찍이 물러났다.

바닥을 한 바퀴 구르고 부드럽게 일어났다.

-크아아아아! 악마를 우롱하느냐!

폭연을 가르고 머리끝까지 화가 난 오들린이 튀어나왔다. 그의 모습은 더 이상 켄타우로스가 아니었다.

아니, 하반신은 그대로 말이 맞았다.

켄타우로스라고 하기 뭣할 만큼 여러 가지가 추가됐을 뿐이다.

예를 들어 등에 달린 피막 날개와 양어깨에 돋아난 흉측한 아가리, 가슴에 자리 잡고 있는 세로로 그어진 눈까지.

"징그러워……."

누가 악마 아니랄까 봐.

굉장히 흉측한 몰골로 변했다. 그만큼 강해졌을 테지만, 외관상 보기 힘든 것만으로도 저 꼴은 1인분은 했다.

-지금의 나는 고작 이 정도 변형까지밖에 못하지만, 충

분할 터.

 오들린에게서 끔찍한 마기가 터져 나왔다.

 드래곤의 그것을 연상케 하는 피막 날개가 활짝 펼쳐졌다.

 -죽어라! 끔찍한 빛의 하수인이여!

 오들린이 천장까지 날아오르며, 내가 있는 곳으로 빠르게 활강했다.

 그걸 보며 작게 한숨 쉬었다.

 "거, 말 더럽게 많네."

 [패격 엑스칼 X 뇌전의 신력]

 황금빛 뇌기를 머금은 '성검'이 격발되었다.

※ ※ ※

 스네이크는 눈앞에서 벌어지는 전투의 여파를 피해 입구 쪽으로 이동했다.

 그녀도 세계 랭킹 3위였지만, 현재 알딘이 보여 주는 모습은 퍽 인상적이었다.

 끔찍한 외형으로 변신한 오들린을 상대로 전혀 밀리지 않는다.

 '나는 변신하기 전의 오들린도 버거웠는데.'

 지금의 오들린은 도저히 상대할 엄두가 나지 않는다.

 이것이 세계 최강을 논하는 플레이어의 실력인가?

놀라움을 넘어서 경이로운 수준이었다.

빛과 어둠이 허공에서 충돌할 때마다 던전이 환하게 밝아졌다.

못해도 자신 수준의 유저가 셋 이상은 필요한 보스 몬스터다.

알딘은 그걸 단신으로 상대하는 것도 모자라 유린에 가깝기 농락하고 있다.

허공에서 자유롭게 움직이는 모습은 무중력 공간에 있는 것 같았고, 번개처럼 번쩍일 땐 일그러진 푸른 길을 따라 오들린에게 공격을 성공시켰다.

특히 공간을 뛰어넘는 기술이 인상적이었는데, 영상으로 몇 번 본 적 있었다.

'직접 보니까 더 놀라워.'

저런 공간 이동 스킬을 거의 제로 쿨타임 수준으로 사용하고 있다.

픽, 픽! 사라질 때마다 당황하는 오들린의 얼굴은 나름 킬링 포인트였다.

현재 스네이크의 레벨은 286.

알딘과는 6레벨 차이가 났다. 그런데 보여 주는 모습은 알딘의 레벨이 수십은 더 높을 것 같다.

'껴들까?'

알딘의 예상처럼 스네이크에게 여유가 생겼다.

처음엔 도저히 저 싸움에 껴들 자신이 없었다. 하지만 눈에 익숙해질수록 검을 몇 번 쑤시는 것 정도는 할 수 있을 것 같았다.

어차피 보스 몬스터의 우선권은 그녀가 가지고 있었다.

사실 지금 알딘의 행위는 비매너였다. 그녀가 마음대로 결정한 게 아닌, 모든 유저가 1년의 시간 동안 토론하여 내린 룰 같은 것이었다.

실제로 가장 거대한 커뮤니티엔 비매너 유저 신고 게시판도 있었다.

'그런데 나를 구해 줬잖아.'

알딘이 무슨 생각으로 그랬는지는 모르겠지만, 로그아웃당할 뻔한 걸 그가 구해 주었다.

만약 방관했다면 망치에 머리가 으깨져 현실에서 눈을 떴을 것이다.

오히려 지금 껴들면 자신이 비매너 짓을 하는 것 같았다.

그렇다고 지켜만 보기에 떡이 너무 맛있어 보인다.

"으음……."

고민이 깊어진다.

그때였다.

날카로운 시선이 그녀의 전신을 옭아매었다.

번쩍 고개를 들어 시선의 주인을 보았다.

그곳엔 알딘이 붉은 눈을 부릅뜬 채 스네이크를 노려보

고 있었다.

전신에 소름이 오소소 돋았다.

그녀는 저도 모르게 목을 문질렀다. 아무것도 없건만, 예리한 뭔가가 목을 훑고 지나간 느낌이 든 탓이었다.

'건드릴 생각 하지 마.'

알딘은 현재 그렇게 말하고 있었다.

목소리를 내는 것도 아니고, 귓속말이나 통신을 건 것도 아니지만 선명하게 들리는 것 같았다.

스네이크는 고개를 천천히 끄덕였다.

알딘은 만족한 것인지 다시 오들린 쪽으로 고개를 돌렸다.

전신을 옭아맸던 뭔가가, 아마도 살기였을 것이다.

살기가 전부 사라졌다.

'게임 속인데.'

사람을 이렇게 압박할 수도 있는 건가?

어쩌면 그런 유의 스킬을 가지고 있는 걸 수도 있겠다.

"건들지 말자."

괜히 후환을 만들 필요는 없다.

알딘 같은 괴물 플레이어에게 밉보여서 좋을 거 하나 없었다.

그리고 그는 자신의 은인이었다.

오히려 빚을 진 상태.

그걸 노리고 구해 준 걸지도 모른다. 차라리 그런 관계가 더 좋을 것 같았다.

 죽고, 죽이는 관계가 아니라.

✠ ✠ ✠

'눈치는 빠르네.'

 살기로 압박을 좀 했을 뿐인데, 재빨리 내가 무엇을 원하는지 캐치해 냈다.

 계속 그녀의 시선이나 움찍거리는 행동이 거슬렸는데 이젠 집중할 수 있겠다.

 -노오오옴!

 전신이 상처투성이인 오들린이 10개에 달하는 무기를 휘둘렀다.

 가볍게 스텝을 밟아 공격을 모조리 피했다.

 피할 수 없는 건 육각 방패와 암막, 검 등으로 막아 냈다.

 놈의 움직임은 눈에 보일 정도로 둔해졌다.

 엑스칼로 죽이지 못한 건 아쉽지만, 이제는 시간문제다.

 "많이 끌었잖아. 이제 그만하자. 재미없으니까! 이 삼류 엑스트라 자식아."

 검 위로 빛이, 왼손에 어둠이.

 두 힘을 하나로 모았다.

 파지직-!

거대한 힘의 기파가 폭발하듯 사방으로 퍼졌다.

오들린이 재차 공격을 시도했다.

나는 가늘게 뜬 눈으로 스킬명을 중얼거렸다.

[빛과 어둠의 충돌]

마지막으로 보인 건, 오들린이 입을 쩍 벌린 채 나를 향해 뛰어오르던 모습이었다.

제46장

얘 뭐야? 무서워

광전사가 죽지 않아!

"왜 따라와."

나는 어미 개를 쫓는 강아지처럼 따라오는 스네이크를 보았다. 이 흑발의 미녀는 순진무구한 표정으로 고개를 갸웃거렸다.

"따라가면 안 돼요?"

"당연히 안 되지!"

"왜요?"

왜냐고 물어보면 대답할 말이 없는데.

나는 검지와 엄지로 콧잔등을 문질렀다.

"넌 할 일 없어?"

"있어요."

"뭔데."

"음… 레벨 업?"

곰곰이 생각하는 듯 굴더니 고작 한다는 말이 레벨 업?

애초에 할 일이 진짜 있었으면 즉각 답이 나와야 하는 거 아냐?

내가 노골적으로 싫은 티를 내자 스네이크가 어깨를 으쓱였다.

"사실 딱히 할 일 없어요."

"……."

"할 일이 있었으면 이미 다른 곳으로 떠났겠죠."

"뭐가 이리 당당해……."

"언제 어디서나 당당하라고 아버님께서 가르치셨어요."

그러면서 허리에 두 팔을 올리고 가슴을 쭉 내민다.

과연 서양인답게 풍성하다 보니 쳐다보기 민망하다.

나는 괜히 헛기침을 하며 고개를 돌렸다.

스네이크가 피식 웃었다.

"어머, 부끄러워하는 것 봐."

"이게 못하는 말이 없어!"

"아무튼 전 지금 당신 따라가는 것 말고는 할 게 없네요."

"그냥 다른 곳으로 가면 되잖아. 살려 준 것에 대한 보상도 충분히 받았으니, 우리 관계는 여기서 쫑이라고. 오케이?"

"그거 그냥 강탈한 거잖아요."

강탈이라니, 말을 좀 섭섭하게 하네?

30분 전, 나는 그녀에게 살려 준 것에 대한 보답을 요구했다. 처음엔 그냥 빚만 지워 놓을 생각이었다.

그녀의 집안이나 게임상 능력을 생각했을 때 충분히 도움이 될 테니까.

하지만 굳이 그럴 필요가 있나 싶었다.

시간이 지나면 사람은 망각하기 마련이다. 빚을 지워 놓은 걸 까먹으면 나만 손해지 않은가?

그래서 그냥 목숨값을 받기로 결정했다.

세계 랭커의, 그것도 3위의 목숨값이라면 부르는 게 값인 수준.

"어떻게 그렇게 많이 뜯어 갈 수 있어요?"

말은 너무하다고 하지만, 스네이크의 표정은 이전이랑 똑같았다.

"별로 타격도 없어 보이더만."

"그래도, 유니크템 두 개랑 엘릭서 다섯 병은 너무하잖아요? 유로로 환산하면 대체 얼마야?"

"24시간 로그아웃돼 있는 것보다 낫지. 아닌 말로, 너한테 하루 공백이 생기면 그게 더 손해잖아."

나는 많이 가져갔다 생각하지 않는다.

그렇다고 적게 가져간 건 아니고 적당히 가져갔다.

스네이크도 그걸 알기 때문에 말만 저럴 뿐 표정엔 변화가 없는 것이다.

"아무튼, 이제 그만 가. 제발 사라져!"

"에이! 사람이 어떻게 그래요. 인심이란 게 있는데."

그 인심이란 걸 왜 네가 운운하는 거냐고.

이 녀석이랑은 계속 대화를 이어 가 봤자 나만 스트레스 받는다.

"에혀, 모르겠다."

나는 고개를 저으며 다시 길을 걸었다.

따라오든지 말든지 알아서 하라지.

그때 스네이크가 기어가는 목소리로 중얼거렸다.

"사실 길치예요."

"엥?"

이건 또 무슨 뜬금없는 커밍아웃이란 말인가?

내가 어이없다는 얼굴로 쳐다보자 스네이크는 민망한지 볼을 붉히며 뒷머리를 긁적였다.

"어, 어릴 적부터 길을 좀 많이 못 찾았거든요."

"그게 뭔 말도 안 되는……. 홀리 가디언 맵 시스템이 얼마나 잘돼 있는데."

"그게… 제가 길 찾기 관련으로는 멀티태스킹이 아예 안 돼서요. 하하."

그렇게 웃지 마…….

그러고 보니 들은 적 있다.

최상위 여성 랭커 스네이크는 어마어마한 길치라고. 그래서 항상 몇 명의 수행원이 그녀를 따라다닌다고.

  소문이 사실이라면 나를 졸졸 따라오는 것도 이해가 갔다.

  "내비게이션 따라가는 게 그렇게 어려워?"

  "저한텐 대학 입시 시험보다 어려웠어요!"

  스네이크가 버럭 소리쳤다.

  나는 찔끔하며 고개를 뒤로 뺐다.

  그렇다고 소리를 지를 필요는 없잖아. 괜히 쫄았네.

  나는 민망함에 헛기침을 한 번 더 하고 몸을 돌렸다.

  "마을까지만 가면 되는 거지?"

  "음… 당장은요?"

  '당장은요'는 뭐야?

  더 이상 그녀와 말을 섞으면 두통이 올 것 같아 대꾸하지 않고 발걸음만 옮겼다.

  스네이크는 히죽 웃으며 내 뒤를 따라왔다.

※ ※ ※

"뒤의 여인은 누구인가?"

아서 백작이 눈을 동그랗게 뜨고 내 뒤의 여자를 가리킨다.

스네이크가 나를 힐긋 보더니 고개를 숙였다.

"스네이크라 합니다."

"스네이크?"

"제 동료입니다. 음… 칼리번을 위협하던 악마의 우두머리를 쓰러트리는 데 도움을 줬습니다."

"그렇습니다."

얼씨구?

나는 내 말에 재깍 꼬리를 붙이는 스네이크를 보았다. 그녀는 무슨 일 있냐는 듯 어깨를 으쓱였다.

그 뻔뻔함에 나는 할 말을 잃었다.

나 아니었으면 죽을 뻔한 주제에.

그래도 아주 틀린 말은 아니라서 태클 걸진 않았다. 그녀가 나보다 먼저 오들린과 마주한 건 사실이었으니까.

"아무튼 수고했네."

[띠링! '막막한 아서의 부탁' 퀘스트를 클리어하셨습니다!]

[경험치를 획득했습니다.]

[아서의 보물 중 원하는 걸 택 1 하실 수 있습니다.]

"자네는 칼리번의 영웅이나 다름없네."

[칭호 '칼리번의 영웅(하급)'을 획득했습니다.]

칭호까지 얻었다.

"당분간 칼리번은 악마들의 위협에서 안전할 수 있겠지. 그대에게 내 보물을 하나 내리고자 하네. 들라 하라!"

아서의 명령에 몇몇 신하가 꽤나 큰 함을 하나 들고 왔다. 그들은 내 앞에 함을 내려놓고, 천천히 뚜껑을 열었다.

그 틈새로 찬란한 황금빛이 빛 가루를 뿌리며 흘러나왔다.

금은보화라도 안에 가득 들어차 있는 걸까?

눈이 부실 지경이다.

나는 기대 어린 눈으로 함을 뚫어져라 보았다.

스네이크도 황금빛이 신기한지 눈을 빛내고 있었다.

함이 완전히 열렸다.

나는 당장이라도 환호할 준비를 했…….

"……?"

"이거… 뭐예요?"

함 안을 들여다보다가 아서 백작을 쳐다보았다.

그는 넉넉한 웃음을 지으며 내게 손짓했다.

"그중에서 하나 골라 보게나. 분명 만족스러울 거야!"

"예……."

다시 함을 보았다.

함을 열 땐 분명 금은보화가 들어 있을 것처럼 황금빛이 쏟아져 나왔다.

스네이크를 보았다.

그녀는 관심이 사라졌는지 딴청을 피우고 있었다.

방금 전까진 나랑 같이 눈을 빛내 놓고, 태세 전환이 거의 뭐…….

"세 개라."

함에 든 보물(이걸 보물이라 해야 하나?)을 보던 나는 한숨을 내쉬었다.

'촛대, 수저, 이불…….'

이딴 걸 보물이라고 가져와?

순간 열불이 나 아서에게 욕 한 바가지 날리고 싶었지만, 초인적인 인내심으로 참아 냈다.

'시발.'

이 중에서 뭘 골라야 좋을지 모르겠다.

셋 다… 나한텐 쓸모가 없어서.

나는 기대감 1도 없이 물건들의 상태창을 확인했다.

[아서가 아끼는 엔틱 촛대]

칼리번의 주인이자, 파스칼 왕국의 백작 아서가 아끼는 촛대다. 꽤 오래된 촛대인데, 언제 제작됐는지는 모른다. 다만, 촛대에 묘한 흔적이 새겨져 있는데 그게 무엇인지 알 수 없다. 알아내기 위해선 복잡한 절차가 필요할 것 같다.

[아서가 아끼는 은수저]

칼리번의 주인이자, 파스칼 왕국의 백작 아서가 아끼는 은수저다. 식사용은 아니고, 장식품으로 쓰고 있다. 무언가 장치가 되어 있는 것 같은데 아직 밝혀지지 않았다.

[아서가 아끼는 얇은 이불]

칼리번의 주인이자, 파스칼 왕국의 백작 아서가 낮잠을 잘 때 덮는 얇은 이불이다. 고급 천으로 만들어진 이불이라 피부에 닿는 촉감이 매우 뛰어나다.

"으아니이이!"
나도 모르게 소리를 치고 말았다.
스네이크가 옆에서 '왜 그래요?'라고 물었지만 가볍게 씹었다.
'시, 심봤다.'
마른침을 꼴딱 삼켰다.
함을 짚고 아서를 보았다. 그는 나를 보며 싱긋 웃어 주었다.
과연 이 정도는 되어야 보물이라 할 수 있다. 금은보화나 능력치 좋은 장비만이 보물이 아니다!
5분 전의 내가 봤다면 한심한 놈이라고 욕했겠지만.
'흐히히!'
지금의 내겐 그딴 건 없었다.
일단 이불은 재낀다. 이런 쓸모도 없는 천 쪼가리는 왜 포함시킨 거야?
남은 건 촛대와 수저. 이 중 하나를 내가 가질 수 있다. 설명을 읽기 전까진 아서 백작이 나를 놀리는 줄 알았다.
'비밀이 숨어 있는 촛대와 수저.'

홀리 가디언엔 이런 식의 아이템이 몇 개 있었다.

겉으로 봤을 땐 폐품 수준으로 볼품없는 것들.

하지만 막상 까 보면 대개 보물 지도인 경우가 많았다.

보물 지도가 아니더라도, 숨겨져 있는 뭔가를 알아내는 도구들이었다.

'촛대는 굉장히 오래전에 제작된 게 분명해. 그리고 이 흔적.'

무슨 흔적인지 모르겠지만, 복원하려면 복잡한 절차가 필요하다고 적혀 있다.

이 문구만으로도 촛대가 범상치 않다는 걸 알 수 있었다. 어쩌면 '신화 등급'의 아이템이 파묻힌 장소가 흔적에 적혀 있을 수도 있다.

은수저는 또 어떤가?

'장치라.'

아직 밝혀지지 않은 장치가 이 은수저에 있단다.

확실한 건 아니지만 장치의 경우는 어딘가를 가리키는 내비게이션 역할을 할 수도 있다.

그곳은 던전일 수도 있고, 보물 창고일 수도 있고, 황천길일 수도 있다.

그건 촛대 역시 마찬가지.

신중해야 한다. 결국 확률은 반반.

"조금만 더 고민해 봐도 되겠습니까?"

"흐허허! 당연하네. 오히려 내가 더 기쁘군. 역시 물건을 볼 줄 아는 친구야."

"저는 백작님의 안목에 무릎을 탁! 쳐 버리고 말았습니다. 으하하!"

"하하하하!"

"하하하하하하!"

미친 듯이 웃는 우리 둘을 보며 스네이크가 한마디를 툭 던졌다.

"미쳤어요?"

☦ ☦ ☦

"그걸 고른 이유라도 있어요?"

백작성에서 막 빠져나온 스네이크가 물어 왔다.

나는 손에 들린 걸 보며 대답했다.

"당연하지."

"평범한 '촛대'잖아요."

그녀의 말처럼 내가 고른 건 엔틱 촛대였다.

나는 아서 백작의 허락이 떨어지고 20분 정도를 더 고민했다.

촛대냐, 은수저냐. 내 인생을 통틀어 가장 어려운 고민이었다. 하지만 고민을 끝내고 거침없이 촛대를 들어 올렸다.

이유는 간단했다.

내가 회귀자기 때문이다.

'은수저의 장치가 정확히 뭔지 몰라. 하지만 흔적은 얘기가 다르지.'

계속해서 흔적이라고 표현하지만, 촛대에 새겨져 있는 이건 아마 '문양'이나 '글자'일 가능성이 높다.

전생에 발견되었던 거라면 내가 알아볼 확률이 매우 높아진다.

그게 쓸모없는 걸지도 모르지만, 그렇게 따지면 은수저 역시 결국 확률 싸움이다.

"분명 내게 멋진 보물을 가져다줄 거야."

"보물이요?"

"몰라도 돼."

촛대를 인벤토리에 집어넣었다.

흔적을 복원하는 건 나중에 하고, 일단은 도시 외곽으로 가야 한다. 그곳에 또 다른 퀘스트를 줄 NPC가 있다.

"난 간다."

"어딜요?"

"내 갈 길."

"아하."

그녀의 싱거운 반응에 몸을 돌리고 목적지로 향했다.

저벅저벅저벅-

…….

뒤를 돌아보았다.

스네이크가 무표정한 얼굴로 발걸음을 멈추었다.

"왜 따라와?"

"따라가는 거 아닌데요?"

"……"

다시 걸음을 옮겼다.

저벅저벅저벅-

…….

"따라오는 거 맞잖아!"

"저도 그냥 그 길로 갈 뿐이에요."

"이게 진짜……. 에혀! 됐다. 난 일로 간다. 넌 그대로 직진해서 사라져!"

그 말을 남기고 골목길로 들어갔다.

혹시 몰라 뒤를 확인하면서 걸었다.

스네이크는 평범하게 내 쪽을 보기만 할 뿐 그 자리에 가만히 있었다.

더 이상 따라오지 않을 모양이다.

나는 안도의 한숨을 내쉬며 다른 골목길로 들어갔다.

그리고.

"으아아아악!"

소스라치게 놀라며 비명을 질렀다.

엉덩방아를 찧은 건 덤이었다.

통증은 느껴지지 않았다.

나는 눈앞에서 스멀스멀 기어오는 흑발의 무언가를 보았다.

귀신이다. 귀신이 분명하다!

"오지 마, 오지 마, 오지 마!"

엉덩이로 바닥을 쓸며 미친 듯이 뒤로 물러났다.

그 순간이었다.

귀신의 움직임이 우뚝- 멈췄다.

나는 극도의 긴장 탓에 호흡이 멈추었다.

귀신이, 고개를 든다.

목덜미가 서늘해지며, 근육이 경직된다.

귀신의 흐릿한 눈이 떠올랐다. 싱긋, 붉은 입술에 미소가 그려진다.

귀신이 말했다.

"안녕?"

"끄아아악! 이 정신 나간 자식아!"

"하하."

스네이크였다.

"아파요……."

스네이크가 두 손으로 머리를 문질렀다.

나는 코웃음 치며 주먹을 들어 올렸다.

"그럼 아프라고 때렸지, 귀엽다고 쓰다듬어 준 줄 알아?"

"칫! 장난 좀 칠 수도 있지. 쪼잔하게 그것도 못 받아 줘요?"

"장난……?"

세상 누가 장난을 이딴 식으로 치는가!

있으면 데려와! 그냥 다리몽둥이를 전신에 뼈 수만큼 쪼개 버리려니까.

내가 정색하자 스네이크가 움찔했다.

"장난이잖아요, 장난. 설마 그렇게 겁먹을 줄 알았나?"

"이게 진짜……."

"하하!"

저거 진짜 머리 어떻게 된 거 아냐?

허우대는 멀쩡한데 정신 상태가 맛이 갔다.

부자의 딸내미로 태어나면 보통 저렇게 되나?

잘 모르겠다. 리얼 부자들을 겪어 본 것도 아니고, 겪어 봤더라도 별로 궁금하지 않았다.

나는 고개를 저으며 엉덩이를 털었다. 바닥에 질질 끈 탓에 흙먼지가 덕지덕지 붙었다.

스네이크와는 다시 상종하지 않을 생각으로 몸을 돌렸다.

"가게요?"

"따라오지 마. 한 번 더 그러면 레드 플레이어고 자시고 그냥 벨 거야."

아스칼론을 반쯤 뽑아 경고했다.

스네이크가 샐쭉하게 웃으며 내 옆으로 왔다.

"혼자는 심심하지 않아요?"

"왜 심심해? 할 게 얼마나 많은데."

"근데 왜 반말해요?"

"너흰 원래 존댓말, 반말 이런 거 구분 없잖아."

"생각해 보니 그렇네?"

스네이크가 진심으로 놀란 표정을 지었다.

그녀는 이해할 수 없단 얼굴로 말했다.

"왜 지금까지 자각을 못했을까요?"

"대부분의 외국인이 그럴걸?"

홀리 가디언의 통역 시스템은 한국어를 기반으로 제작됐다. 당연히 한국어의 특징이 자동 통역에 녹아드는데, 시스템적인 부분까진 내가 알 게 뭐냐?

그런 건 전공자들이나 신경 쓰는 거다.

"게임만 즐기면 장땡 아니냐? 정 궁금하면 나무위키에 검색해 보든지."

"그게 뭔데요?"

"있어. 이 세상에 있는 모든 지식이 담겨 있는 곳."

"진짜?"

"설마."

스네이크가 재미없단 얼굴로 나를 봤지만, 가볍게 무시해 주었다.

이젠 따라오든지 말든지 모르겠다. 그냥 귀찮게만 안 하길 바랄 뿐이다.

✣ ✣ ✣

우리는 말없이 15분 정도를 걸었다.

그렇게 도착한 곳은 도시 외곽지에 위치한 3층짜리 건물 앞이었다.

이곳에 다음 퀘스트를 줄 NPC가 있었다. 말이 다음 퀘스트지, 이곳의 퀘스트들은 알게 모르게 다 연결돼 있다.

당장 이곳에서 얻을 수 있는 퀘스트도 아서 백작의 퀘스트를 완료했다는 걸 증명해야 받을 수 있다.

똑똑똑-

"계십니까!"

"누구시오?"

안에서 나이 든 남자의 목소리가 들려왔다.

한 걸음 뒤로 물러나자 문이 열렸다.

늙고 추레한 노인이었다. 지팡이를 짚고 있었는데, 허리가 많이 굽은 것이 걷는 것도 시원찮아 보였다.

"젊은 남녀가 무슨 일입니까?"

그러고 보니 스네이크도 있었지.

말 한마디 안 하고 온 터라 있는지도 몰랐다.

"요즘 힘든 일이 있지 않으십니까?"

노인에게 단도직입적으로 물어봤다.

노인은 흰 눈썹이 풍성했는데, 눈썹이 일그러지는 게 선명하게 보였다.

"화난 것 같은데요?"

조용히 있던 스네이크가 귓가에 속삭인다.

가뜩이나 고혹적인 목소리가 속삭이니 몸이 괜히 부르르 떨렸다.

스네이크를 밀쳐 내며 귓구멍을 후볐다.

"뭔 짓이야!"

"귓속말한 것 가지고 왜 그래요?"

"아으!"

"크흠!"

노인이 헛기침을 했다.

나는 그녀에게 눈총을 쏴 주고 노인에게로 시선을 돌렸다.

노인은 제법 근엄한 목소리로 물었다.

"누가 자네에게 내가 힘들다고 하던가?"

"백작님을 뵙고 왔습니다."

"백작님을?"

"예. 악마들이 활개를 치는 통에 시민들이 많이 힘든 삶을 살고 있다 하셨습니다. 특히 어르신 얘기를 많이 하셨습니다."

스네이크가 '백작은 그런 말 한 적 없잖아요?'라고 속삭였다. 그녀의 얼굴을 옆으로 밀어 버렸다.

노인이 눈을 빛냈다.

"그 말을 어떻게 믿지?"

"이걸."

인벤토리에서 촛대를 꺼냈다.

노인의 얼굴에 놀라움이 깃들었다. 그라면 촛대의 정체에 대해 알고 있을 것이다.

꽤 오랜 세월 봐 왔을 테니까.

"백작가의 전(前) 시종장, 실폰 님. 당신을 돕기 위해 찾아왔습니다."

"…들어오게."

노인, 실폰이 집 안으로 먼저 들어갔다.

나는 그를 따라가던 도중 나를 따라오고 있는 스네이크를 보았다. 그녀는 왜 그러냐는 얼굴로 나를 봤는데, 꿀밤을 세게 때려 주고 싶었다.

"밖에 있지."

"왜요?"

"내 퀘스트잖아."

"겸사겸사, 좋잖아요?"

"진짜 뻔뻔한 녀석이네……."

"먼저 들어갈게요~"

스네이크가 엉덩이를 살랑살랑 흔들며 먼저 집 안으로 들어갔다.

나는 어처구니가 없었지만, 이젠 뭐라 하는 것도 지쳤다.

어차피 지금부터는 몬스터의 수준이 던전에서 보던 것들보다 훨씬 강하다.

스네이크는 분명 강하지만, 그곳에선 결국 나가떨어질 게 분명했다.

길을 잃든, 잃지 않든 신경 쓰지 않을 테다.

반드시!

✠ ✠ ✠

"알딘!"

"젠장할! 왜 이렇게 잘 싸워!"

실폰에게 퀘스트를 받고 온 이곳은 '악마 소굴 2'였다.

이곳에서 실폰의 아들의 시신을 되찾아야 하는데, 악마들의 레벨이 악마 소굴 1보다 10이 더 높았다.

아무리 나라도 일반 몬스터 레벨이 320을 넘어가면 조금 힘들다.

하물며 지금처럼 둘러싸인 상황이라면 두 배는 더 힘들어진다.

스네이크라면 진즉에 나가떨어졌어도 이상하지 않은 상황.

"뭘 가만히 있어요!"

허공을 빙글빙글 날아다니는 스네이크는 몬스터의 수준이 어떻건 상관없이 현란하게 쌍검을 움직였다.

불과 얼음이 허공에서 뒤섞이는 광경은 나름 장관이었다.

나는 한숨을 내쉬며 몰려오는 악마들을 베었다.

"너희라도 내 화풀이 대상이 되어라!"

빛과 어둠이 솟구치며 악마들을 휩쓸었다.

그렇게 10분 정도가 흘렀다.

"끝났네요."

스네이크가 개운하단 얼굴로 다가온다.

'얘 뭐야? 무서워······.'

이쯤 되니 무서워졌다.

그냥 그때 죽게 놔뒀어야 했는데, 괜히 손을 내밀어 가지고. 그깟 아이템 하나 때문에······.

"제길."

"아까부터 혼자 구시렁거려요? 사냥 잘만 되고 있는데."

그래서 더 짜증 나는 거다.

못 싸웠으면 그냥 버렸을 텐데, 전투 궁합이 상당히 좋았다. 지금까지 만난 유저들 중 최고라고 해도 좋을 정도로.

이 정도면 솔플로 볼 수 있는 이득을 모두 메울 수 있는 정도다.

"젠장, 젠장, 젠장!"

"하하! 좋으면 그냥 말로 해요."

"그 입 꿰매 버린다!"

스네이크가 두 손으로 입을 폭 가렸다.

그러곤 생글거리며 웃기 시작한다.

얄밉다.

아주 얄미운 녀석이다!

나는 한숨을 내쉬며 다시 앞으로 향했다.

✠ ✠ ✠

우리는 정말 순탄하게 보스 방 앞에 도착할 수 있었다. 입구부터 여기까지 걸린 시간은 한 시간.

우리의 레벨을 생각해 보면 초고속이란 말로도 부족한 속도였다.

"들어간다?"

"넵."

스네이크에게 확인을 받고 보스 방에 진입했다.

가장 먼저 보인 것은 반쯤 깨진 두개골이었다. 두개골은 생각보다 많이 보였다.

그 주변엔 수많은 해골들이 조각난 채 널브러져 있었다. 부러진 검이나 갑옷, 찢어진 천 조각 등도 많았다.

이곳에서 부대 하나가 궤멸된 것이다.

신기한 건 해골들이 바라보고 있는 방향이었다.

모두 문 쪽에 향해 있다.

몇몇은 크게 박살 난 상태라 방향이 무의미했지만, 깔끔한 해골들은 문을 향해 쓰러져 있었다.

도망치다 당한 것이다.

해골 잔해를 지나 더 깊숙이 들어가자 넓은 공동이 나타났다.

"준비해라."

나지막한 목소리로 스네이크에게 말했다.

그녀는 말없이 쌍검을 뽑았다.

스르릉, 차가운 쇠 울림에 정신이 맑아진다.

-인간들인가.

넓은 공동, 그 중심에 앉아 있는 무언가가 말했다.

앉아 있을 뿐인데 그 크기가 3미터는 넘어 보인다.

천장을 보았다.

대략 20미터 정도는 되어 보였다.

그것이 자리에서 일어난다. 이름과 레벨이 머리 위로 떠오른다.

[한때 악마 기사였던 자, 뎀프] [340레벨] [BOSS]

"야."
"네."
"죽지 마라."
"죽을 것 같으면 도와주시든가."
"말이나 못하면."
우리는 서로를 보며 피식 웃었다.
그리고 전투에 돌입했다.

"흐아아!"
스네이크가 바닥에 드러누웠다.
그녀는 전신이 상처투성이였다. 걸치고 있는 갑옷도 내구도가 많이 달았는지, 이곳저곳 부서져 있었다.
그건 나 역시 크게 다르지 않았는데, 다른 점이 있다면 상처가 없다는 것.
"진짜 사기야. 대체 클래스가 뭐예요?"
"비밀."
스네이크는 부럽다는 말을 반복하며 상체를 일으켰다. 그녀는 녹색 내의를 입고 있었는데, 땀에 젖어 몸매의 굴곡이 적나라하게 보였다.
 나는 황급히 고개를 돌렸지만, 스네이크의 눈을 피할 수 없었다.
 "부끄러워하기는. 이 정도 본다고 안 닳아요."
 "시끄러워! 부끄러움 좀 가져라."
 "애초에 전 살을 깐 것도 아닌데요? 사실 변태는 그쪽이 아닐까요?"
 "시, 시끄러."
 "완전 체리보이였네~"
 스네이크가 능글맞게 눈썹을 올렸다 내렸다를 반복했다.
 면도칼로 확 밀어 버릴 수도 없고.
 나는 대꾸하지 않고 콧방귀만 뀌었다.
 스네이크도 재미없어졌는지 어깨만 으쓱이고 다시 드러누웠다.
 "슬슬 나가야 하지 않을까요?"
 "누워 있는 녀석이 말은."
 "템은 다 챙겼어요?"
 "같이 챙겼잖아."
 "혹시나 하고. 확인하는 습관을 들여야죠."
 바다에 던지면 입만 둥둥 뜰 게 분명하다.
 그만 자리에서 일어났다. 오래 쉬었으니 도시로 복귀해야지.

"가자."

"으으으! 그럽시다!"

스네이크가 힘껏 기지개를 켜더니 스프링처럼 팅기듯 일어났다.

어차피 쓸데도 없으니 그녀가 가진 던전 탈출 스크롤을 사용했다.

비싼 거라고 투덜거리긴 했지만 안 쓰면 손해일 뿐이다.

마법진 위에 서자 빛과 함께 칼리번으로 돌아올 수 있었다. 바로 실폰의 집으로 향했다.

"흑흑! 이러려고 지원했던 거냐. 이 멍청하고, 어리석은 녀석……. 크흡…….."

실폰은 아들의 유품, 펜던트를 꽉 쥐고 오열했다.

나와 스네이크는 침울한 얼굴로 고개를 숙였다.

가상현실은 이럴 땐 진짜 현실보다 더하단 생각이 들었다.

실폰을 진정시킨 후 보상을 받고 집을 나섰다.

스네이크는 조금 울었는지 눈가가 붉게 번져 있었다.

"괜찮냐?"

"조금요."

그녀의 등을 가볍게 토닥여 주었다.

우린 칼리번에서 가장 유명한 레스토랑으로 향했다. 몸이 지저분하니 여관에 들러 가볍게 샤워하는 것도 잊지 않았다.

말끔해진 상태로 레스토랑에 들어가니 맛있는 냄새가 후각을 자극했다.

"냄새 엄청 좋아요."

"그러게 말이다. 앉자."

현실이라면 이런 레스토랑은 무조건 예약해야 하지만 이곳은 게임. 예약할 필요 없이 바로 음식을 주문할 수 있었다.

나름 힘겨운 전투로 공복이 맥스를 찍었기에 이것저것 잔뜩 시켰다.

음식이 나오고 마구잡이로 음식을 입 안에 쑤셔 넣었다.

"너 보이 터지게따(너 볼이 터지겠다). 마우 가아, 마우(만두 같아, 만두). 푸하하하!"

"그어는 대은 더인 인앙 가어드요(그러는 댁은 터진 찐빵 같거든요)?"

우리는 그런 말을 주고받으며 식사를 마쳤다.

나는 통통해진 배를 문지르며 말했다.

"진짜 잘 먹었다."

"저두요."

"그만 나가자고."

"저기요."

"왜?"

막 일어서려는 그때 스네이크가 날 불렀다.

그녀는 소스밖에 남지 않은 접시를 포크로 문지르다, 결심한 얼굴로 말했다.
"저랑 만날래요?"
…….
잘못 들었나?
"뭐라고?"
"저랑 만나자고요. 이성으로서."
그녀의 저돌적인 고백에 나는 할 말을 잃고 말았다.

광전사가 죽지 않아!

호조가 입에 문 담배를 쭉 빨았다.

담배 끄트머리가 벌겋게 타오르며, 새까만 재가 바닥에 떨어진다.

"내가 맡게 됐다."

"그런가."

맞은편에 앉은 제로스는 무신경한 어조로 대답했다.

역시나 재미없는 반응이었다.

하긴 언제부터 그에게 재미를 바랐다고.

호조는 고개를 저으며 바닥에 쪼그려 앉았다.

검지와 중지로 담배를 붙잡고 빨아들인 연기를 내뱉었다.

"이름은 '둠스데이'라더군."

"네이밍 센스가 그들답군."

"그치?"

호조가 맞장구치며 낄낄거렸다. 그래도 나름 멋진 이름이라 생각했다. 조직이 '둠스데이'를 가지고 무엇을 하고 싶어 하는지 알기도 쉬웠고.

"출범하게 되면 아주 재밌어질 거야."

"흥. 땅따먹기엔 관심 없다."

"네 머릿속엔 온통 사냥뿐이겠지. 그게 네 몸값을 올려 주니까."

"피차 마찬가지 아닌가?"

"미안하지만 난 월급쟁이라서."

담뱃불을 바닥에 지지고 자리에서 일어났다.

제로스가 물었다.

"흡수한 길드는?"

"총 다섯 개."

"그렇군."

"모두 베스트 20에 들어가 있던 길드들이다."

조직이 설계하고, 호조가 이끌 '둠스데이'는 전도유망한 길드들이 통합된 길드였다.

그 연결 고리가 돈이긴 하지만, 배신할 염려는 없었다. 그러기엔 조직의 힘이 너무 막강했다.

통합될 길드들에게 이미 조직의 힘을 어느 정도 보여 주었다.

"꿈에서라도 절대 그런 생각 못하겠지."

"결국 힘으로 짓누른 거냐."

"아직은 아니야. 힘으로 짓누르는 건, 그들이 나쁜 맘을 먹었을 때가 될걸?"

"흥. 결국 조직의 힘을 과시했다는 거 아닌가?"

제로스는 불만스러운 얼굴로 고개를 저었다.

호조는 아무 말도 하지 않았다.

조직에게 시달릴 대로 시달린 걸 알고 있었기 때문이다. 마음 같아선 조직을 등지고 싶을지도 모른다.

그러지 않는 이유는 단 하나.

조직의 힘이 막강하기 때문이다. 일개 개인 따윈 어렵지 않게 매장시킬 수 있을 정도로.

"어차피 윈윈 아니겠어? 배신만 안 하면, 조직은 그들에게 많은 걸 안겨 줄 거야."

"흥."

"그건 너도 마찬가지잖아."

"시끄럽다."

제로스가 자리에서 일어났다.

그는 저물어 가는 석양을 보았다. 멋들어지게 배치된 구름 사이로 쏟아지는 붉은빛은 분명 절경이었다.

그러나 매일 보는 광경이었기에 제로스는 아무런 감흥

을 느끼지 않았다.

"갈 거냐?"

"그래."

"다른 매니저는 내일이나 모레 올 거다. 잘 대해 줘."

"하는 거 봐서."

"짜식."

호조는 멀어져 가는 제로스의 등을 보며 담배를 한 대 더 물었다.

이제부터 바빠질 것이다.

일단은 자신들에게 반하는 것들부터 하나하나 목을 베야겠지.

"스타트는… 알딘으로 할까?"

아틀란티스 어딘가에 있을 알딘이라면 첫 사냥감으로 안성맞춤이다.

그러나 호조는 고개를 저었다.

칙, 칙-

화톳불이 마찰을 일으키며 불꽃이 타오른다.

그는 담배 끝에 불을 붙이고, 필터를 빨았다.

알딘은 시기상조다. 첫 사냥감으로 좋을 수 있어도 장기적으로 봤을 때 '둠스데이'에 적이 많이 생길 것이다.

'알딘의 팬은 썩어 넘칠 정도로 많으니까.'

그리고 혹시나 놈의 별명에 잡아먹힐지도 모르잖나.

호조는 도전적인 성격이었지만, 그 바탕은 안전제일주의였다.

서로 상반되지만, 두 개가 합쳐지면 그것은 완벽주의로 이어진다.

"우리가 세계를 제패하는 날, 제로스 너도 웃을 수 있을 거다."

그날이 너의 해방 날이 될 테니까.

※ ※ ※

"왜 대답이 없어요?"

스네이크가 고운 미간을 찌푸리며 독촉한다.

나는 이 믿을 수 없는 급진적인 전개에 꿀 먹은 벙어리가 되었다.

여기서 대체 뭐라고 말을 해야 하지?

그녀와 만난 지 이제 만 하루도 안 지났다.

쾌활하게 붙임성 있는 성격 덕에 나름 정이 쌓이긴 했지만, 갑자기 이러면…….

'보통 뇌 정지가 온다고!'

이게 서구식 마인드인가 하는 그건가?

이러면 외국 나가서 못 살지.

아니, 전생에도 외국인 친구들 많았는데. 내 길드에도 외국인 유저가 상당히 많이 있었다.

가장 개방적이라는 젊은 미국인도 다섯 명 정도 있었다. 그러나 그들도 스네이크처럼 저돌적이지 않았다.

"저기요!"

"어, 어……."

"만나자니까요? 아니면 내가 별로인 거예요?"

"그건 아닌데……."

"잘됐네."

스네이크가 활짝 웃으며 등받이에 푹 기댔다.

되긴 뭐가 돼.

내 멘탈을 망가트리려 하는 거라면 되긴 됐다. 완전 초전 박살 나다 못해 그 위를 수십 톤짜리 전차가 밟고 지나간 수준이다.

나는 어이가 없어 그녀에게 물었다.

"나의 뭘 보고 만나자는 거냐?"

"대화가 잘 통하잖아요."

"…대체 어디가."

지금까지 너랑 제대로 된 의사소통을 몇 번 한 적이 없는 것 같은데.

골이 아파 온다.

일단 사정상 그녀의 고백은 받아 줄 수 없었다.

아니, 셀리느가 없었더라도 당장 오케이하지 않았을 것

이다. 아무리 아름다운 흑발의 미녀라도.

"그건 좀 힘들겠는데?"

"왜?"

스네이크의 얼굴이 내게 가까워진다.

그대로 턱을 괸 그녀는 큼지막한 파란 눈동자를 깜빡거렸다. 가까이서 보니 속눈썹이 굉장히 길다. 코도 오뚝한 것이 베일 것 같았다.

입술은 참… 크다. 턱도 계란형에 피부는 백옥 같다.

그에 대비되는 흑발은 한국인의 그것보다 진했다.

두근!

'아니, 십!'

아니, 여기서 네가 왜 뛰어?

가뜩이나 얼굴이 가까워 심장 소리가 들릴 것만 같았다. 나는 땀을 삐질 흘리며 의자째로 뒤로 물러났다.

끼익-

바닥에 의자가 쓸리며 불쾌한 소리가 장내에 퍼졌다.

스네이크의 눈이 가늘어진다.

"이유."

말이 짧아졌다. 목소리 톤도 내려갔고, 눈이나 입이 전혀 웃고 있지 않다.

이렇게 나오니 제법 무서웠다. 어릴 때 일진 누나들한테 삥 뜯기던 게 떠오를 정도다.

"그흑……. 크험!"

대답하려고 목소리를 내다 음 이탈이 발생했다.

괜히 민망해져 목젖을 잡고 헛기침을 했다.

보통 이러면 스네이크는 웃기 마련인데 똑같은 얼굴로 나를 노려보고 있었다.

"그… 만나는 여자가 있어."

"만나는 여자?"

"그래. 1년 정도 됐어."

아직 사귀는 건 아니지만, 사실대로 말하면 상관없다고 할 것 같아서 이렇게 얘기할 수밖에 없었다.

스네이크가 시무룩한 얼굴을 뒤로 뺐다.

왠지 조금 미안하단 생각이 들었다.

처음 만난 날 고백받아 당황스럽긴 하지만, 감정이 있으니 고백을 했을 텐데.

반대로 고백을 받아 기분이 좋기도 했다.

그보다 나 인기인 아닐까?

셀리느에 시로네, 스네이크까지. 셋 다 미인이라고 해도 좋을 여자들이었다.

그런 사람들이 나를 먼저 좋다고 해 주었다.

전생에도 연애는 꾸준히 했지만 누가 먼저 좋아해 준 적은 없었는데.

'회귀하면서 매력 지수라도 높아졌나?'

가만 보면 내 얼굴도 꽤 괜찮은 편이다.

관리만 좀 했으면 연예계에 도전해 봐도 괜찮았을 것 같다.

우리 엄마도 나 볼 때마다 '어이구, 우리 아들 잘생겼네~'라고 해 주시는데.

내가 영양가 1도 없는 생각을 주구장창 하고 있을 때였다.

뭔가 결심한 듯한 스네이크가 내게 말했다.

"상관없지 않아요?"

"……?"

내가 방금 뭘 들은 거야.

일단 귀를 좀 후벼 판 다음 되물었다.

"뭐라고?"

"세컨드라도 상관없어요."

세컨드?

퍼스트, 세컨드, 서드 할 때 그 두 번째를 뜻하는 세컨드를 말하고 있는 거야?

다시 한 번 할 말을 잃었다.

문맥상 그녀가 말하는 세컨드는 첩 같은 걸 뜻하고 있었다. 지금 제 입으로 내 세컨드가 되겠다고 말하는데, 여기서 뭐라고 대답을 해야 할까.

그보다 이건 서구식 마인드 같은 걸 초월했다.

"아니… 우리 오늘 처음 만났잖아."

"그런 게 뭐가 중요해요? 마음만 맞으면 되는 거지."
그것도 맞는 말이긴 하다.
"하지만 그건 바람이고, 난 그럴 생각이 없어."
"의외로 순정파시네요."
"평범하지……."
"그래서 더 매력적이야."
생각하는 걸 그만두었다.

☥　☥　☥

"아으, 안 된다고!"
"왜요이잉!"
이젠 앙탈까지 부리네?
나는 스네이크의 팔을 뿌리쳤다. 그러자 스네이크가 바닥에 철퍽, 엎어졌다.
별로 세게 뿌리친 것도 아닌데, 할리우드 액션 오진다.
"어머, 어머! 저기 봐 봐. 저 총각이 젊은 처자를 밀었어!"
"세상에, 세상에! 어떻게 저래? 그것도 대낮에!"
해가 저물었는데, 어디가 대낮이야!
나는 우리를 보며 구시렁거리는 아줌마들을 째려봤다. 그러자 흠칫 놀라면서 호다닥 사라졌다.
게임 속에서 별 희한한 오해 다 받아 보겠다.

아직까지 엎어진 채 내 눈치를 살피고 있는 스네이크에게 말했다.

"뭐 하냐."

"헤헤."

아무렇지도 않다는 듯 평범하게 일어서는 스네이크.

그녀는 바지에 묻은 먼지를 털고 똑바로 섰다.

아까 전에 시무룩하던 표정은 어디 가고 생글생글 웃고 있다. 이 정도 되는 4차원은 처음 겪는 터라 이젠 어떻게 대해야 할지도 모르겠다.

그냥 무시를 하기엔 무시하게 두지도 않고, 고백도 받은 터라 매정하게 굴지도 못하겠다.

"야."

"왜요?"

"나 진짜 좋아하는 거 아니지?"

내 질문의 의도를 모르겠다는 듯 스네이크가 고개를 갸웃거렸다.

"그게 무슨 뜻이에요?"

"우리 오늘 처음 만났잖아."

"또 그 소리! 첫눈에 반할 수도 있지. 처음 보면 좋아하면 안 됩니까? 예?"

"아무리 생각해도 내 관점에선 그게 안 되거든!"

금사빠도 아니고 말이야!

삭풍(朔風) • 315

금사빠?

"너 혹시 금사빠냐?"

"금사빠가 뭔데요?"

외국인한테 말을 너무 줄여 버렸다.

"금방 사랑에 빠지는 성격이냐고."

"그건……."

내 물음에 즉각 대답하지 못한다.

옳거니! 과연 그랬었구나!

금사빠 중에서도 저돌적인 금사빠라면 처음 만난 날 고백하는 것도 이상하지 않다.

나는 기회다 싶어 그녀를 몰아붙이려고 입을 막 벌리는 순간.

"그게 나빠요?"

눈물 맺힌 스네이크의 얼굴을 보고 입술을 다물었다.

스네이크는 흐르는 눈물을 닦으며 다시 물었다.

"그게 나쁜 거예요?"

금방 사랑에 빠지는 걸 나쁘냐고 묻는다면.

"아니."

절대 아니다.

그녀에게 미안해졌다. 금사빠라는 걸 가지고 놀릴 생각부터 하다니. 나는 쓰레기가 아닐까?

그녀에게 정중히 사과했다.

"미안."

"왜 사과하세요?"

"그냥."

"눈물 닦아 주세요."

"그건 싫어."

"칫!"

안 되는 건 안 되는 거다.

내가 네 눈물을 왜 닦아 줘?

우리는 서로를 보다가 피식 웃었다.

인정할 건 인정해야겠다. 스네이크가 말한 것처럼 말이 잘 통하는지는 잘 모르겠지만, 성격은 제법 맞는 것 같다.

대부분 내가 피곤하긴 하지만 재미는 있다.

그래서 더 미안한 걸지도 모르겠다.

그런 내 마음을 눈치챈 듯 스네이크가 샐쭉하게 웃었다.

"헤어지면 연락해요. 그럼."

"다음에… 또 보자."

"흥! 그럼 친구부터 맺죠."

"오냐."

우리는 친구창에 서로를 등록했다.

묘한 관계지만 그녀와는 왠지 오래도록 즐겁게 지낼 것 같다.

스네이크는 뒷짐을 지고 뒤로 물러났다.

"재밌었어요."

"나는 피곤했다."

"칫! 못된 사람."

"잘 가라."

고개를 가볍게 끄덕이고, 반대편으로 걸어간다.

북풍이 휘몰아치며 눈발이 점점 거세지기 시작했다.

나는 주머니에 손을 꽂고 몸을 돌렸다.

"셀리느한테나 연락해 볼까?"

오늘따라 그녀의 목소리가 듣고 싶다.

✠ ✠ ✠

칼리번의 퀘스트들을 하나하나 클리어해 나갔다.

한 달이란 시간이 흘렀고, 레벨은 290을 넘겼다.

레벨은 높아질수록 오르는 속도가 점점 더뎌진다. 레벨이 올라갈 때마다 경험치의 총량이 기하급수적으로 상승하기 때문이다.

그나마 나는 최소 30레벨 이상 높은 곳에서 사냥을 해서 다른 유저보다 올리는 속도가 한참 빨랐다.

연계 퀘스트로 받는 경험치도 짭짤했고.

"그래 봐야 294인가."

한 달 동안 올린 레벨은 14렙.

말은 이렇게 해도 남이 듣는다면 입에 거품 물 정도로 빠른 속도다.

업데이트된 랭킹표에도 3위에 기록되었다.

랭킹 포식자라는 이명에 어울리는 속도와 파급력이었지만, 나를 만족시킬 수는 없었다.

"빠삐루스 녀석."

현재 랭킹 2위에 있는 그는 제로스와 마찬가지로 내려올 생각을 하지 않았다.

그와 나의 레벨 차이는 12레벨.

언젠가는 역전하겠지만, 좁혀지는 폭이 상당히 더뎠다. 이대로 몇 개월은 더 있어야 랭킹 2위를 빼앗을 수 있을 것 같았다.

내 기억 속에 빠삐루스는 전성기가 길지 않은 유저였다. 회귀하지 않았다면 까먹었을 정도로 오래된 인물이기도 했다.

'너무 오래돼서 기억이 가물가물하지만.'

그가 몰락하게 된 사건을 어느 정도 기억한다.

[둠스데이]

머지않은 시일 내에 출범할 그 거대 길드에 의해 빠삐루스는 제대로 된 저항조차 하지 못하고 역사의 뒤안길로 사라졌다.

그때의 난 평범하게 모험을 즐기는 일개 유저에 불과했다. 그렇다 보니 천상계에서 무슨 일이 벌어지고 있는지 알지 못했다.

"아직 시간이 조금 남았지, 아마?"

호조가 이끌 '둠스데이'는 자세히는 기억 안 나지만, 몇 개월 후에나 정식 출범한다.

이대로 있으면 알아서 랭킹 2위에 오르겠지만, 그런 식으로 랭킹이 오르는 건 사양이다.

빠뻐루스에게 무슨 일이 생기든 '둠스데이' 출범 전에 그의 랭킹을 빼앗겠다.

"그러려면 속도를 좀 내야겠지?"

나는 디자인의 영역 끝자락에 솟아 있는 거대한 설산(雪山)으로 향했다.

저곳에서 칼리번 퀘스트의 마지막을 장식할 끝판왕이 나를 기다리고 있다.

✢ ✢ ✢

디자인의 영역과 칼리번이 위치한 아틀란티스 북서쪽은 기본적으로 눈보라를 동반한 한파가 잦은 지역이다.

사시사철 내리는 눈은 걷기 힘들 정도로 잔뜩 쌓이는데,

유독 더 많은 눈이 내리는 지역이 있었다.

그곳은 해발 고도 4,000미터가 넘어가는 높은 산이었다.

나는 현재 그곳을 오르는 중이었다.

"시부랄, 시부랄, 시부랄."

한 번 걸을 때마다 정강이까지 눈에 파묻힌다.

눈은 또 어찌나 많이 내리는지 한 치 앞을 내다볼 수 없다. 용암의 검을 처분하지만 않았어도 정상까지 쉽게 도달할 수 있었을 텐데.

"안일했다, 안일했어."

얼마쯤 될까 싶어 거래소에 경매로 올려 뒀었는데, 값이 천정부지로 솟구쳐 그냥 팔아 버렸다.

당장 돈이 급한 것도 아니었는데.

'값이 많이 나가긴 했어.'

정확한 액수는 프라이버시가 있으니 공개하기 조금 그렇지만, 조만간 그 돈으로 이사 간다.

그 생각을 하니 조금 흐뭇해졌다.

힘도, 재력도 전생과 비교도 할 수 없을 정도로 빠르게 쌓고 있다.

이러다가 금방 건물주 되겠다.

회귀는 정말 최고다. 짜릿해.

'복수할 기회도 있고 말이지.'

나는 힘겹게 눈길을 오르면서 아멜로스를 떠올렸다.

지금쯤 그 녀석은 뭐 하고 있을까?

반년 전, 나로 인해 놈이 속한 조직은 큰 타격을 입었다. 지금 간부인지, 아닌지 모르겠지만 녀석에게도 분명히 피해가 갔을 것이다.

지렁이처럼 음지를 돌아다니며 수작을 부리지 않을까?

'슬슬 찾아볼까?'

아멜로스는 지금도 불안하니, 놈의 따까리인 피타를 추적하는 거라면 해 볼 만하다.

지금 시기라면 아무리 아멜로스라도 피타의 뒷조사까지 눈치채지 못할 테니까.

지금쯤이면 온갖 더러운 일을 다 해 주는 '검은 길드'들도 자신들만의 시장을 구축해 놨을 것이다.

이번 일을 끝내면 본격적으로 착수해 봐야겠다.

"그나저나 진짜 드럽게 춥고, 힘드네!"

거센 눈발은 멈출 생각을 하지 않았다.

※ ※ ※

지친 몸뚱이를 이끌고 크게 튀어나온 바위 아래 앉았다. 신발에 껴 놓은 스파이크를 풀었다. 눈이 깊어 굳이 스파이크를 할 필요가 있나 싶다.

걷는 데 불편하기만 하고.

"미끄러질 염려도 없는데 그냥 넣자."

이제 곧 정상이다.

저 끝에 이번 여정의 종말을 알려 줄 악마가 존재한다.

디자인.

한때는 마계의 남작이었던 강대한 악마.

그러나 불민한 사고로 인해 이곳으로 추방된 악마.

수많은 사건 사고에 얽혀 있는 놈이지만, 단언컨대 홀리 가디언에서 가장 불쌍한 캐릭터 BEST 5에 드는 녀석이다.

이유를 설명하긴 너무 기니 스킵.

"중요한 건 나한테 곧 죽을 놈이라는 거지."

이 정도 쉬었으면 됐다.

그만 자리에서 일어났다.

등산용 스틱을 쥐고 다시 산을 올랐다.

꾸역꾸역 오르다 보니 정상이 희끗희끗 보이기 시작했다. 천천히 오르며 주변을 살폈다.

저 아래에선 심심찮게 마주했던 악마의 그림자가 이곳에선 아예 보이지 않는다.

이 산 전체가 디자인의 성이기 때문이다.

디자인은 혼자 있는 걸 좋아한다. 그는 항상 자신의 힘을 이용해 부하들에게 명령을 내리지, 코앞으로 직접 부른 적은 없었다.

"후아!"

정상에 도달했다.

그곳엔 얼음으로 지어진 궁전 하나가 놓여 있었다.

휘몰아치는 눈발에도 궁전만큼은 선명하게 보였다. 주변에 흐르는 짙은 마기가 그 원인이었다.

내쳐졌다 해도 과거 귀족이었던 악마다.

아스칼론을 뽑아 들고 궁전 안으로 들어갔다.

[띠링! 최초로 '디자인의 궁전'에 진입하셨습니다!]

[최초 보너스로 '디자인의 궁전'에서 습득하는 경험치가 2배 증가합니다.]

[최초 보너스로 '디자인의 궁전'에서 획득하는 모든 아이템 드롭률이 2배 증가합니다.]

[최초 보너스로 '디자인의 궁전'에서 발생하는 마기에 대한 저항력이 15퍼센트 상승합니다.]

[띠링! '디자인의 궁전'의 주인이 거대한 마기를 발산합니다.]

[모든 능력치가 10퍼센트 감소합니다.]

[저항 효과로 감소 수치가 3.5퍼센트로 줄어듭니다.]

내가 가진 마 속성 저항력이 하도 높다 보니 마기의 영향력이 대폭 줄어들었다.

((더러운 신들의 개인가?))

저 멀리서 굵직한 목소리가 들려왔다.

공간이 일그러진다.

뒤틀림 속에서 누군가 걸어 나왔다.

황금과 어둠이 절묘하게 조화를 이룬 멋들어진 갑옷을 걸친 남자였다.

인간은 아니었다.

피부가 보라색에 이마에 한 쌍의 뿔이 자라 있었다.

손에는 창식이의 도가 초라해 보일 정도로 거대한 태도(太刀)가 쥐어져 있었다.

그리고 마지막으로 등.

"지랄 맞게 큰 날개네."

박쥐의 그것을 연상시키는 피막 날개가 새까만 마기를 흩뿌리며 펄럭인다.

[자격을 잃은 악마 디자인][350레벨][BOSS]

레벨은 놈 휘하에 있던 악마 기사들과 큰 차이가 없다. 하지만 그건 레벨뿐, 모든 면에서 디자인은 지금껏 상대한 악마들과 격이 다르다.

그가 다시 입을 연다.

((더러운 신들의 개냐고 물었다.))

"알아서 뭐 하게?"

((고통스럽게 찢어 죽일지, 편하게 찢어 죽일지 고를 수가 있지.))

"쫓겨난 놈이 말은."

((누가 쫓겨났단 말이냐!))

핵심을 찔렀는지 디자인이 노호성을 질렀다.

마기가 들끓으며 얼음 궁전 전체가 들썩였다.

겉으로 볼 땐 불같아 보이는 놈이지만, 디자인은 빙결의 힘을 다루는 악마.

디자인을 중심으로 극한의 눈보라가 휘몰아치기 시작했다.

밖에서 느꼈던 삭풍보다 차갑다.

빨간 캡슐 알약을 입에 물었다.

아득-

['경시되는 생명'의 효과로 공격력이 50퍼센트 증가합니다!]

"그만 떠들고, 한바탕 놀아 보자고! 이 경험치 덩어리 자식아!"

※ ※ ※

"크윽!"

한 남자가 검을 비껴들어 날아오는 수리검을 막아 냈다.

챙! 소리와 함께 떨리는 칼날의 모습이 선명하다.

남자는 이를 악물고 검을 휘둘렀다.

적청 강기가 검에 맺히며 숲의 태반을 휩쓸었다.

검은 그림자들이 움직인 건 그 순간이었다.

눈으로 좇기 힘든 속도로 잘려 나가는 나무를 구렁이처럼 타넘는다. 그리고 남자를 향해 쇄도한다.

쇄애액-!

길이 70센티미터 정도의 단검이 남자의 목을 스쳤다.

남자, 빠삐루스는 눈살을 찌푸리며 두어 걸음 물러났다.

"네놈들은 누구지?"

"몰라도 된다."

머리 위에서 빛살이 떨어졌다.

빠삐루스는 몸을 비틀어 빛살을 피했다.

"화살?"

노리고 날아온 빛살은 강철 화살이었다.

솨사사삭-!

고개를 들었다. 화살 세례가 하늘을 뒤덮는다.

스아악!

오른쪽에선 암살자가 세 개의 수리검을 던졌다.

빠삐루스는 검을 양손에 쥐고 마력을 폭발시켰다.

적청의 마력은 반시계 방향으로 소용돌이치며 화살과 수리검들을 모조리 집어삼켰다.

"과연 랭킹 2위라는 건가?"

"이 정도는 해 줘야지."

바닥에 내려앉은 궁사가 시위를 당겼다.

동시에 암살자의 신형이 밑으로 푹 꺼졌다.

소용돌이치는 마력이 뚝 끊기는 순간 당겨진 시위가 제자리를 찾아갔고, 그림자가 바닥을 질주하기 시작했다.

화살이 잔향처럼 퍼져 있는 마력을 꿰뚫는다.

그림자에서 기다란 창이 솟구친다.

투욱-!

들려온 건 뭉툭한 소리였다.

궁사의 눈이 커졌다.

"크억!"

가슴을 비집고 튀어나온 날카로운 검은 붉은 피와 살점이 덕지덕지 붙어 있었다.

그림자에서 암살자가 튀어나왔다.

그는 복면에 가려진 입을 찢어져라 벌렸다.

"데인티!"

"궁사랑 암살자란 놈들이 대놓고 모습을 드러내다니. 용기가 참 가상하군."

검이 뽑혀져 나온다.

궁사는 인상을 구기며 무릎을 꿇었다.

단숨에 HP가 60퍼센트 줄어들었다. 거기다 독을 썼는지 몸이 마비되어 움직이지 않았다.

암살자가 단검과 수리검을 각각 쥐고 빠삐루스를 향해 돌진했다.

"쯧."

적청 강기가 성난 맹수처럼 검을 휘어잡듯 감싼다.

검을 비스듬히 들어 아래로 초승달을 그리듯 휘둘렀다.

서걱, 소름 끼치는 소리가 어지러워진 숲에 울려 퍼졌다. 암살자의 눈살이 찌푸려졌다.

데인티의 목이 바닥을 구른다. 그리고 먼지가 되어 사라졌다.

"두 방으로……."

"뭐 하는 놈들인지 모르겠지만, 진짜 위험했어."

빠뻬루스는 적청 강기를 유지한 채로 암살자를 향해 걸어갔다.

"괴, 괴물 자식."

"최상위 랭커들은 죄다 괴물인 거 몰랐어?"

"그렇다고 해도 우리 둘을……!"

"그러게. 뭐 하는 놈들인데 이렇게 잘 싸워? 보니까 레벨은 그리 높은 것 같지 않은데."

그렇다고 무작정 맞아 줄 정도로 약한 건 아니었지만.

암살자가 표독스럽게 눈을 빛냈다.

"우리가 끝이 아니다."

"뭐?"

"넌 끊임없이 노려질 거다. 흐흐흐! 어차피 나나 저 녀석은 로그아웃돼도 상관없는 몸. 여기서 네놈의 전력을 더 파악한 후에 새로운 전략을 짜 주지."

"너희, 뭐 하는 새끼들이야?"

"글쎄?"

암살자가 능글맞게 웃는다.

빠삐루스는 일단 저 불쾌한 낯짝부터 없애기로 했다.

그는 땅을 박차 암살자에게 돌진했다.

암살자의 신형이 열 개 정도로 나뉘었지만, 개의치 않고 검을 움직였다.

수십 개의 수리검이 허공을 가로지른다.

그러나 적청의 폭풍에 휩싸인 수리검들은 모두 무력하게 바닥에 처박혔다.

"크아아아악!"

암살자가 비명 같은 괴성을 지르며 본체를 포함한 모든 분신을 빠삐루스에게 던졌다.

[헌드레드 슬래쉬(Hundred Slash)]

백 자루의 검이 허공을 가득 메웠다.

암살자는 전신이 갈기갈기 찢기는 걸 느끼며 그대로 로그아웃되었다.

탁-

암살자가 사라진 자리에 메달 같은 게 하나 떨어졌다. 메달을 주워 확인했다.

[길드 증표:둠스데이]

처음 들어 보는 길드명이다.

메달의 상태를 보건대 만들어진 지 얼마 안 됐다.

암살자가 늦게 발급받은 걸 수도 있겠지만, 낯선 길드명을 보면 아마도 신생 길드다.

본래라면 건방지게 신생 길드 따위가 랭커를 노리냐며 노발대발하겠지만.

'불안해.'

암살자가 했던 말이 머릿속에 맴돈다.

이번엔 두 놈뿐이라 쓰러트릴 수 있었지만, 다음엔 두 명이라는 보장이 없다.

방금 같은 녀석들이 셋만 되어도 사선을 넘는 싸움이 될 것이다.

네 명이라면?

"조력자가 필요하겠는데?"

혼자서는 살아남을 수 없다.

그는 친구창을 열었다가, 얼마 안 가 닫았다. 게임에서 사귄 친구들은 몇 있지만 도와줄 수준이 못 되는 탓이었다.

그렇다면 새로운 친구를 사귀어야 한다는 건데.

"아."

한 사람이 머릿속을 스치고 지나갔다.

빠삐루스는 그의 이름이 아닌 별명을 중얼거렸다.

"랭킹 포식자······."

그라면 충분히 나를 도와줄 전력이 되고도 남는다.

결정을 내린 빠뻬루스는 곧장 알딘의 위치를 알아보기 시작했다.

예상치 못한 인연이 이곳에서 시작되려 하고 있었다.

7권에 계속

www.mayabooks.co.kr